U0031279

馬克思的 20 個瞬間

馬克思的

20個瞬間

肖鵬 等

／著

 香港中和出版有限公司
www.hkopenpage.com

目錄

序 ...008 | 導語 ...012

第 三 章
文藝青年變學霸
1836年
大學生活
P.042

第 一 章
最熟悉的陌生人
1818年
童年卡爾
P.016

第 四 章
哲學博士煉成記
1841年
博士論文
P.054

第 二 章
自古英雄出少年
1835年
人生志向
P.028

第 五 章
初入職場遇苦惱
1842年
報社工作
P.065

第 **六** 章

幸福終於來敲門

1843 年

新婚燕爾

P.079

第 **七** 章

穿越時空話手稿

1844 年

哲學革命

P.091

第 **八** 章

撸起袖子加油幹

1845 年

新世界觀

P.102

第 **九** 章

曠世宣言驚風雨

1848 年

不朽宣言

P.116

第 **十** 章

貧窮不限制思想

1849 年

流亡倫敦

P.128

目錄

第 **十三** 章

觀察歷史的慧眼

1859 年

唯物史觀

P.160

第 **十一** 章

指點江山論中國

1853 年

關注中國

P.140

第 **十四** 章

使命責任重於山

1862 年

革命導師

P.172

第 **十二** 章

忠言逆耳利於行

1857 年

批判事業

P.149

第 **十五** 章

誰與我生死與共

1866 年

偉大友誼

P.184

第 **十六** 章
資本主義病危書
1867 年
鴻篇巨著
P.199

第 **十七** 章
國際歌由此誕生
1871 年
巴黎公社
P.212

第 **十八** 章
活化石也有春天
1877 年
轉向東方
P.224

第 **十九** 章
他永遠地睡着了
1883 年
與世長辭
P.239

第 **二十** 章
馬克思從未離場
2018 年
名垂青史
P.253

參考書目 ...263 | 後記 ...266

序

　　對於年輕人來說，大多是從思想政治課堂上初識馬克思的。在他們看來，馬克思似乎顯得有點「高冷」：表情嚴肅、思想龐大，只可「遠觀」而難以「親近」。諸如此類的馬克思的形象還有許多，有作為政治家的馬克思，有作為哲學家的馬克思，有作為神話或被神化的馬克思……

　　馬克思到底是誰？回答這個問題，不僅要展示一個活生生的、有血有肉的馬克思，更要通過這些事跡及與其緊密關聯的思想，重新認識整體、全面和真正的馬克思主義。唯有如此，方能更好地體認馬克思與馬克思主義的當下意義。

　　這部《馬克思的 20 個瞬間》就是試圖解答這一問題的書。作者團隊別開生面地從馬克思出生至今的 200 年間選取了 20個具有代表性的瞬間，以點彩畫法的方式，勾勒出一個生動的馬克思形象：

他出身優渥，卻選擇站在窮苦人民的身旁吶喊發聲，為此不惜犧牲自己的優越生活而四處流亡，甚至飽受貧窮和疾病之苦；

他 17 歲時就樹立了「為人類而謀福利」的思想，並以這樣的工作和職業為人生志向，為此他不惜拋棄那些資本家和政客給他的「鐵飯碗」，大半生都在書齋裡埋頭研究和寫作；

他是一個高智商的哲學博士，精通資本主義社會歷史、政治經濟學與意識形態，卻用畢生時間和精力批判資本主義，並為實現共產主義、領導工人運動而四處奔走；

他的結髮妻子曾是一位高貴美麗的貴族小姐，他的忠實朋友曾是一位聰明睿智的工廠管理者，他們卻願意陪伴馬克思完成他的事業和使命，與他共同經受人世間的所有冷暖。

「寶劍鋒從磨礪出，梅花香自苦寒來」，恰恰是馬克思波瀾起伏的一生，塑造了他的光輝人格，產生了他的科學思想，鑄就了他的偉大事業。

對於多數人而言，自第一次接觸馬克思開始，還有這種感受：馬克思的理論，特別是他的哲學、政治經濟學和科學社會主義思想，不太好理解，學習起來是比較困難的。究其原因，我們在學習這些理論時，脫離了馬克思所處的特定歷史背景和時代條件，因此這些思想往往看起來非常深奧乃至枯燥。

正因為如此，這部書的作者團隊希望盡可能還原馬克思在思考、創立這些思想時的現實環境，帶來栩栩如生的畫面感，以幫助大家進入馬克思生活和思想的「現場」。這樣一來，當我們再去理解「歷史唯物主義」「政治經濟學批判」「剩餘價值學

說」等問題時，也就相對省力、輕鬆一些。

更為難得的是，在「回到過去」的同時，本書的作者團隊時刻不忘「關照當下」，讓生活在今天的人們能夠衝破時空的局限，將馬克思「擺在眼前」來思考當前社會中出現的新問題。比如，面對爭搶頭條的熱點與評論、微信轉發的傳聞與雜談，我們必須具備馬克思的「批判方法」；在「空談誤國、實幹興邦」的新時代，我們必須掌握馬克思的「實踐品格」；甚至對於當前流行的「佛系生活」來說，我們都要一起看看馬克思在種種困境面前始終鬥志昂揚地擁抱生活的態度。

本書的寫作「初心」是「給 90 後講講馬克思」，如今的「90後」群體正處在青春韶華，而馬克思正是在不到 30 歲時寫下了《共產黨宣言》，不但標誌着馬克思主義的誕生，他也由此確定了為人類解放而工作的志向。在這個意義上，馬克思和「90 後」是真正的「同齡人」。因此，針對「90 後」群體的特點，這部書進行了寫法上的創新，用青春化的語言和青年人的視角來審視和解讀馬克思。書中穿插運用「TIPS」「哲人說」「提問角」三個板塊，將若干必要知識背景、名家哲言、焦點問題、當代發展融會貫通起來，形成活潑明快的敍事節奏。對於讀者而言，不啻為一次全新的閱讀體驗。

本書的作者團隊全部來自中共上海市委黨校的「80 後」青年教師，他們體現出青年一代馬克思主義理論的研究者和宣講者的風采，他們身上有着嚴謹與深刻、熱情與活潑、生動與幽默，因此由這些青年人書寫具有新時代面貌的馬克思主義，再為合適不過。當然，這部書仍然存在着一些可以改進、充實和

完善的地方，但如果它確實能夠把馬克思生平和思想中的關鍵問題啟發和提示出來，就有了積極的意義和價值。

　　讓「90 後」以及更年輕的一代了解馬克思的目的，在於認識馬克思思想的真理性，確立起信仰的坐標。我們也希望，更多的年輕人能夠從馬克思身上汲取人生智慧、人格力量，像馬克思那樣活得充實而精彩。

　　偉大的人物都是相似的，偉大的精神也是相通的。讓我們從馬克思那裡領略偉大，讓我們在新時代向着馬克思指引的目標繼續前行。

　　是為序。

曾峻

2018 年 4 月 12 日

　　有沒有這樣一個人，他的名字如雷貫耳，可實際上你對他知之甚少？有沒有這樣一個人，他的名字隨處可見，可實際上這個名字對你來說，只是一個符號？有沒有這樣一個人，他與你生活的世界聯繫十分緊密，可實際上你又打從心底覺得他非常陌生？

　　的確有這樣一個人，他生活在動蕩的 19 世紀，他有着標誌性的濃密的大鬍子，他目光如炬、身形魁梧、意志堅定，他一生勞碌奔波、博學多識、著述無數。有人敬他，有人怕他，有人追隨他，有人詆毀他，卻鮮有人說我不知道他。這個人，就是卡爾・馬克思。

　　早在 1999 年，相關機構和單位先後發起了評選「千年第一思想家」的活動，匯聚全球投票後結果顯示，愛因斯坦排名第二，位居第一的是馬克思。在隨後十年左右的時間內，類似的

投票活動層出不窮，而榜首卻幾乎從未易主。奧地利經濟學家熊彼特曾經說過，大多數學說的問世，經過一段時間，短的是飯後一小時，長的達到一個世代，就完全湮沒無聞了。但是，馬克思的學說卻不是這樣，它遭受了批判，但又復活了，是穿着自己的服裝、帶着人們看得見摸得着的自己的瘢痕復活了。的確，縱觀人類整個思想史，還真的沒有哪一個名字，能像馬克思那樣，在不同時代、不同國家、不同地區都如雷貫耳；沒有哪一種理論和學說，能像馬克思主義那樣，對人類的思想、文化、行動以及整個社會發展產生了如此深遠的影響，並且今後還將持續不斷地影響着。總之，不管你是支持他還是反對他，你都繞不開他，因為「大道日用而不知」。

　　一口好牙和一個健康的胃，便是他對我們的期待。只要我們能看得進他的書，就一定跟他合得來。讓我們一起揭開層層迷霧，走進他波瀾起伏的燦爛一生，還原一個最真實的他。這位可愛的「大鬍子」，正等着我們去對他的「大智慧」一探究竟呢！

馬　克　　思　　　的

20 個 瞬 間

第一章

最熟悉的陌生人

1818 年

童年卡爾

哲 人 說

今天早上起來，看見媽媽在做飯，我打開具體的窗戶，吸
了一口抽象的空氣。

————童年馬克思

　　兩百多年前，在德國的西南部，有一座歷史悠久的小城，
依山傍水、景色秀麗，它叫特里爾。清澈的摩塞爾河靜靜地穿
過這座小城，每當春天來臨的時候，河谷裡的桃樹、櫻桃樹都
會競相開花，山丘上成片的葡萄樹也冒出了蕾芽，點綴着美麗
的原野。暖風拂過山坡，陽光親吻河澤，這座靜謐的小城在點
點春光中煥發生機。

　　1818 年 5 月 5 日凌晨時分，特里爾城布呂肯巷 664 號住宅的房間裡，一個名叫亨利希的律師神情不安地踱來踱去，時不時趴在裡屋房門上探聽動靜，焦慮萬分。直到來自城裡的助產大娘喘着氣兒跑出來告訴他，你又做爸爸了，你們家多了一個男孩！他這顆懸着的心才落下來。這個男孩，就是卡爾·馬克思。那一刻，可能誰也想不到，一個極其平常的夜晚，一個極其普通的人家，誕生了一個在世界歷史上掀起波瀾的偉人。

　　19 世紀初，特里爾城大約有一萬五千人口，是德國最古老的城市之一。這座城市曾經被命名為奧古斯塔特瑞沃洛姆，一度被稱為北部羅馬，曾是羅馬軍隊最大司令部所在地。據《馬克思傳》中考證，馬克思實際上是在黑門（porta nigra）附近長大的，那裡有 4 世紀時期宏偉的教堂，永久紀念着特里爾的莊

特里爾布呂肯巷 664 號
（現為布呂肯街 10 號）

嚴與輝煌。在中世紀，這座城市作為大主教駐所，邊界曾延伸至梅斯、土倫和瓦爾登；據説它所擁有的教堂數量比德國任何一個與它大小相當的城市所擁有的數量都要多。特里爾給馬克思的一個終生烙印就是他一直都有着一口濃鬱的萊茵河版特里爾味的口音。他對歷史始終如一的熱情也與出生的這座城市關係密切。

由於特里爾在拿破崙戰爭時期連同萊茵河畔的其他地區一起被劃歸為法國的領土，「特里爾選帝侯國、神聖羅馬帝國、等級社會，以及猶太人在這種等級社會制度中的地位，這一切都突然消失了」，在很長的一段時間裡，這座城市都浸潤在言論自由和立憲自由的氛圍中。1814 年，萊茵地區成為了普魯士的殖民地，特里爾也是其中之一。這裡沒有甚麼大工業，大多數人是官員、商人和手工業者，葡萄園種植是當地人的一項主業，但由於關稅同盟的建立和外部的競爭，情景日漸蕭條，導致了失業率的上升，加上社會治安不穩定、外出移民加劇，整個特里爾出現了一部分人只能依靠公共救濟而生活的狀態，貧富差距日益擴大。可能也正是因為這樣，特里爾是整個德國最早受法國空想社會主義思想影響的城市之一。社會環境對個人成長的影響也不亞於家庭環境，在特里爾特殊的社會環境中成長起來的馬克思，似乎從小就在心裡埋下了用批判的眼光觀察社會的種子。

用今天流行的星座説，馬克思出生在 5 月，屬於「金牛座」。曾經有人統計過西方歷史上最偉大的 150 位哲學家的出生日期，得出一個有趣的結論：金牛座盛產哲學家，比例遠遠

──────── TIPS ────────

1819 年 8 月至 9 月間，歐洲中部爆發了反猶太人暴動（Hep-Hep riots）。暴徒們攻擊猶太人以及他們的商業活動和家庭。因為先前受啟蒙思想的影響，等級社會逐漸瓦解，原來處於次級地位的猶太人越來越多地開始參與到社會公共事務當中。對他們來說，改變信仰是個普遍選擇，從而可以擺脫等級社會的局限，獲得與其他群體一樣的公民權。「就特里爾來說，到了 19 世紀 30 年代，18 世紀中大部分猶太名門望族中的成員都改信了基督教。」不過，由於特殊的歷史原因，特里爾一直是天主教植根頗深的地方，從猶太教到新教，等於是從一個小圈子跳進了另一個小圈子。對於接受了拿破崙法國大革命信念的人來說，亨利希的選擇在一定情況下也決定了馬克思的思想起點。雖談不上子承父業，但馬克思一生對法國有着特別的情感，對法國激進思想的關注毫無疑問與他成長的環境、父親的教導與牽引有着不可分割的關係。

高於其他星座。金牛座的馬克思，也許從出生的那一天起，就自帶「哲學之光」，注定要在這個世界上掀起波瀾，名垂青史了。可是，難道馬克思一出生就佔盡了天時地利人和，是上天的寵兒？注定只有他才能成為流芳百世的大師嗎？俗話說，「三分天注定，七分靠打拼」。沒有人生下來就能隨隨便便成功，也不是每個偉人出生的時候都含着金湯匙，長大後就能呼風喚雨。每一個成功的人背後都可能付出了常人不可想像的努力，也可能經歷了常人不可承受的苦難。但他們有個共同的特質，那就是信仰明確、意志堅定、絕不輕言放棄。

事實上，馬克思出生的家庭在特里爾當地算得上是條件很好的中產階級。他的父親，亨利希·馬克思，是特里爾城的一名猶太律師，學識淵博，精通多種語言，對古典文學和哲學都頗有研究。亨利希是個思想開明的人，在特里爾城他也經常參與一些社交活動，與同樣思

N.° 231. des Geburts-Aktes.

Im Jahr achtzehn Hundert achtzehn am _siebten_ des Monaths _May_
um _____ Uhr des _____ erschien vor mir Civilstands-Beamter der Bürgermeisterei
im Kreis _____ der Herr _Heinrich Marx_
wohnhaft zu _Trier_ alt _____ Jahr. (Stand) Profession _Advocat in Anwald_
und zeigte mir ein Kind von _männlichen_ Geschlechts vor, und erklärte, daß dasselbe in _____
am _____ des Monaths _May_ um _____ Uhr des Morgens _____ von dem
Herrn _Heinrich Marx_ (Stand) Profession _Advocat_
wohnhaft zu _Trier_ und seiner Frau _Henriette Preßburg_
erzeugt worden sey, daß dieselbe diesem ihrem Kinde den Nahmen _Carl_
geben wollten. Nachdem gedachte Vorzeigung des Kindes und obige Erklärung in Gegenwart zweyer Zeugen,
nämlich: des _Herrn Carl Petrasch_ alt _____ Jahr. (Stand) Profession _____ wohnhaft zu _Trier_ und des _____
_____ wohnhaft zu _Trier_ geschehen war, so habe ich über alles dieses in
Gegenwart des Vorzeigers des Kindes und der Zeugen gegenwärtigen Akt in doppeltem Original aufgesetzt,
welche nach Vorlesung derselben vom Vorzeiger des Kindes, den Zeugen, und mit unterschrieben wurden.

Also geschehen zu _Trier_ am Tag. Monath und Jahr wie oben

Carl Petrasch   _____   MARX   _____

卡爾·馬克思的出生證書

TIPS
出生證第 231 號

1818 年 5 月 7 日下午 4 時，亨利希‧馬克思先生（37 歲，現住特里爾，高等上訴法院律師）向本人（特里爾市政廳特里爾區戶籍官員）出示一名男性嬰兒並申報，該嬰兒於 5 月 5 日凌晨 2 時在特里爾出生，為亨利希‧馬克思先生（律師，現住特里爾）及其妻子罕麗達‧普雷斯堡之子。他們願意給這嬰兒取名卡爾。
出示嬰兒及申報上述情況時有兩位見證人：卡爾‧佩特拉施先生（32 歲，政府書記員，現住特里爾）和馬蒂亞斯‧克羅普（21 歲，職員，現住特里爾）。隨後，本人當着嬰兒出示人和見證人的面，據情開具本證書，一式兩份，宣讀後，由嬰兒出示人、見證人和我簽字。

卡爾‧佩特拉施
克羅普
馬克思
E. 格拉赫
此證書於上述
年月日在特里爾簽具

想開明的人一起激揚文字、碰撞思想火花。就在馬克思出生前後，他選擇了皈依新教。要知道，在 19 世紀初的德國，新教一直是理性主義、啟蒙思想支持者的宗教選擇，這個決定無疑對馬克思今後的成長也產生了影響。

每個人的童年都有屬於自己的歡樂時光，對於小卡爾來説，最愉快的事情就是晚飯後聽爸爸朗讀睡前讀物，那都是當時最著名的文學作品，有法國啟蒙運動的伏爾泰和盧梭的文章，也有德國古典主義的歌德和席勒的詩歌。每天晚上，在客廳華麗台燈的明亮光輝下，壁爐上的小小金鐘「滴答滴答」地響，小卡爾就趴在父親的身邊，聽他聲情並茂地朗讀一篇又一篇的啟蒙讀物，這為馬克思帶來了潛移默化的良好教育。

馬克思的母親罕麗達‧普雷斯堡則出身荷蘭裔猶太貴族，帶着豐厚的嫁妝來到特里爾，據説光現金就相當於特里爾一個普通手工

業者工作三四十年的收入了，加上父親體面的工作、穩定的收入，這些都無疑為馬克思和他的兄弟姐妹們創造了很好的生活環境。罕麗達一輩子規規矩矩、相夫教子，被人評價為「一個典型的荷蘭主婦，為家庭貢獻了一生」。馬克思的姨媽索菲亞，也就是他母親的妹妹，留在了荷蘭，嫁給了商人里里昂·飛利浦，他們家族後來成立了大名鼎鼎、眾所周知的電器王國飛利浦公司。看得出來，馬克思雖不是我們今天俗稱的「富二代」，但也算得上是生活富足、衣食無憂，有一定的社會地位。馬克思是家中第三個孩子，聰明伶俐，充滿朝氣。他尤其敬重自己的父親，不但一直隨身攜帶父親的相片，在往後外出求學的過程中也經常與父親來往書信，彙報思想動態，交流情感。在一封寫給父親的信中，馬克思寫道：

獻給父親

創　造

越過那晶瑩閃耀的波浪，
永恆的創造之神飛向遠方；
大千世界在湧動，無數生命在激蕩，
他環顧四周，永恆的空間無限寬廣。
他發出喚醒萬物的神奇目光，
用烈火鑄成萬千形象。
空間在震顫，時間在奔流，
萬物虔誠地仰望着他的面龐，
波濤洶湧，天籟悠揚，

斗轉星移，一片金光。

他慈父般地頻頻點頭，

向宇宙普照慈愛的光芒。

　　在馬克思不到兩歲的時候，全家從先前的住宅搬到了西梅翁街 1070 號，和亨利希的老朋友路德維希・馮・威斯特華倫一家成了鄰居。這家不搬則已，一搬不得了，為馬克思送來了命中注定的那個人。那個人到底是誰，我們後面再說。

　　有人可能會問，馬克思的家庭條件這麼好，是不是從小就上貴族學校？不，馬克思其實沒上過小學，他的啟蒙老師就是自己的父親。亨利希除了教他德文、算術和圖畫課程之外，還經常帶他去參觀各種展覽，遊覽名勝古跡，給他講歷史故事，分享世界各地的風俗和最新的要聞。每次爸爸講課，小卡爾總是瞪圓雙眼，認真聽講。隔壁好鄰居威斯特華倫也是個博聞廣識的民主人士，當馬克思來家裡做客時，就給他講講希臘故事，背誦幾段莎士比亞的劇本。日復一日，小卡爾雖然沒有進過學校，卻在心裡種下了很多智慧的種子，知識水平恐怕比同齡的許多孩子都要高一些。小卡爾特別愛思考，總是喜歡尋根問底，從小就顯露出了對哲學的懵懂興趣。有一次，他刨根問底地纏着母親詢問「抽象」和「具體」到底是甚麼，把罕麗達折騰得夠嗆，隨後，他在自己的日記本裡寫下了這樣一句話：「今天早上起來，看見媽媽在做飯，我打開具體的窗戶，吸了一口抽象的空氣。」如果馬克思生活在今天，一個孩童寫出這樣的名言金句應該也能上熱搜了吧！

　　馬克思的童年可以説過得無憂無慮，沒有做不完的作業，沒有上不完的外文補習班和奧數競賽班，他大部分時間都與自己的姐妹、鄰居一起玩耍，盡享童年的歡樂。他從小就機智過人，很有主見，成了左鄰右舍公認的「孩子王」，小夥伴們都願意跟他玩，聽他調遣。小卡爾總有讓他們心悦誠服的本事，他的小腦袋裡裝滿了各種各樣的知識，總能在做遊戲時玩出新花樣，給大家講各種美妙動聽的故事。

　　當然，和大多數人一樣，馬克思的父母也望子成龍，希望自己的兒子長大以後能成為一個有名望的大法官、大律師。可小卡爾年紀輕輕就想法獨特，他從小就在心裡種下了與眾不同的擇業觀，你猜得到是甚麼嗎？

甚麼是啟蒙運動？
它管用嗎？

「啟蒙」，通俗來說，就是學習基礎知識，使人明白事理。但是，西方的「啟蒙運動」，有着比較嚴格的含義，指發生在 17 世紀至 18 世紀的資產階級和人民大眾的反封建、反教會的思想文化運動。它的核心是「崇尚理性，擺脱愚昧」，主要有兩方面內容：一是從「神本主義」轉向到「人本主義」，世界的主宰是人而不是上帝；二是塑造人的「理性」，即從中世紀和封建社會的專制主義枷鎖中掙脱出來，追求自由、平等、民主的價值觀。我們今天看到的西方自由、民主和平等的思想，就是從那時候開始宣傳並確立起來的。它為歐洲資產階級革命做了思想準備和輿論傳播。德國著名哲學家康德在晚年的題為《回覆這個問題：「甚麼是啟蒙運動？」》的短文中，開宗明義説道：「啟蒙運動就是人類脱離自己所加之於自己的不成熟狀態……Sapere aude！〔要敢於認識！〕要有勇氣運用你自己的理智！這就是啟蒙運動的口號。」

但是，考察 16 世紀至 18 世紀歐洲的歷史不難發現，這一時期的歐洲實際上處在兩股互相矛盾的

力量鬥爭中——正面的力量是：資本主義新生力量蓬勃發展，突出表現為英國的工業革命及憲章運動，與此同時，與新興資本主義物質力量相適應的自然科學與人文科學結出了豐碩的成果，特別是在思想領域，有法國伏爾泰、盧梭、孟德斯鳩對現代社會與現代性的考察，有英國的霍布斯、洛克對現代政治的理論構建，也有德國康德、費希特對哲學的批判與再造。而負面的力量在於：歐洲的資本家、封建貴族、教會、平民和無產者之間的力量態勢犬牙交錯，再加上歐洲內部整體資源的匱乏、分佈不均和人口的暴增，使得近代歐洲陷入了長期的內戰。在 1795 年和 1797 年，法國與普魯士之間進行了兩次普法戰爭，最終以普魯士的一敗塗地而告終，暮年的康德憂心忡忡地寫下了著名的《永久和平論》，他把歐洲各國的內戰比作幾個醉漢在瓷器店裡打架，不但身受重傷，還要賠償打碎的瓷器帶來的損失。康德追問的是：「就現狀來看，人類永久的和平是否可能？」作為一位啟蒙理想主義者，康德仍然堅信，儘管歐洲的內戰帶來了慘痛的後果，但正是這些教訓可以使人類自我反省，從而在未來可以達到永久和平的理性狀態。

那麼，康德的願望實現了沒有呢？可以說結果上實現了而目的上破滅了。為甚麼這麼說呢？我們知道，1815 年拿破崙戰爭結束之後，歐洲長達兩百多年的內戰也隨之告一段落。歐洲內戰後期，單純的政治力量已經無力支撐戰爭的繼續，於是他們求助於資本家財團的支持，在羅斯柴爾德家族等支持下，拿破崙戰敗，歐洲內戰結束，它標誌着新興資本家與政治團體達成了真正的同盟與和解，教會、貴族

與封建領主等舊勢力再也無力對新興資本主義勢力構成威脅與挑戰。但是，歐洲內部的危機並未得到全部消除，資源依舊匱乏與不平均，人口依然過剩，怎麼辦？於是西歐開啟了對外殖民——他們把歐洲內部的矛盾轉移到了歐洲外部，轉移到了全世界，從而把各個民族的文明都納入到歐洲文明的範式之內，這也就是《共產黨宣言》裡講到的世界歷史的真正開始。因此，歐洲以外地區的現代化，是伴隨着歐洲對外殖民、侵略的血與火的方式實現的。人類理性呼喚一種人道主義，但是在現實中卻表現為人的普遍異化和歐洲的霸權主義。

因此，就是在這種啟蒙運動帶來的現代文明的「精神分裂」的思想背景下，馬克思出生了。人不能脫離於他的時代，馬克思主義正是這個時代的產兒，只不過它的締造者馬克思深刻地洞察和批判了這個時代，從而開創了更遠的未來。

第二章

自古英雄出少年

1835年

人 生 志 向

哲 人 說

如果我們選擇了最能為人類而工作的職業，那麼，重擔就
不能把我們壓倒，因為這是為大家作出的犧牲；那時我們
所享受的就不是可憐的、有限的、自私的樂趣，我們的幸
福將屬於千百萬人，我們的事業將悄然無聲地存在下去，
但是它會永遠發揮作用，而面對我們的骨灰，高尚的人們
將灑下熱淚。

　　　　　　　　——馬克思：《青年在選擇職業時的考慮》

　　各位讀者朋友，還記得你 17 歲時候在做甚麼嗎？當時的
你是豪情萬丈、慷慨激昂，立志幹出一番大事業；還是默默無

特里爾中學

研究者一般認為，馬克思極有可能一直到 12 歲都在家中接受教育，直到 1830 年 12 月才進入特里爾中學學習，並在這所學校裡度過了五年的學習生活。

特里爾中學原先是耶穌會學校，後來定名為弗里德里希─威廉中學，是一所不錯的學校。從校名上來看，它是一以國王名字命名的學校，因此從師資配備到課程安排以及畢業考試，都比較嚴格，在這裡任教的老師很多都是出色的古典語言學家、考古學家、數學家等。當時的校長胡果‧維滕巴赫是一位著名的歷史學家和進步學者，在學校裡講授歷史和哲學。他對康德哲學有很深的造詣，是特里爾市康德研究小組的組長，又是特里爾市文化俱樂部的發起人和領導者。馬克思的父親也參加了這兩個團體，與維滕巴赫關係密切。馬克思深得維滕巴赫校長的喜愛，他也從這位前輩身上學到了許多東西。馬克思日後對歷史及哲學的特殊愛好，與這位校長的影響不無關係。那個時期的學校普遍沒有嚴格的教育體制，因此學生們的學習都比較自由、隨意，無論學甚麼，一般都能比較輕鬆地拿到畢業證書。這種環境對於那些學習自覺、求知慾強的學生來說，無疑是個有利條件。他們可以在這種無拘無束、自由自在的知識海洋中盡情汲取營養，產生淳樸、真摯的思想。

聞、埋頭苦讀，安於做一個佛系少年？當時的你，對自己的未來是否有了清醒的認識和安排？

17 歲時的馬克思，還沒有留出後來大家非常熟悉的那一臉大鬍鬚，他還只是特里爾中學裡的一枚「小鮮肉」。當他們的校長兼德文老師胡果‧維滕巴赫讓這些中學生寫一篇討論自己未來理想中職業的文章的時候，許多同學還並不知道自己以後要做甚麼，所以也只是「隨便談談自己的想法」。但是馬克思不一樣，他的一篇《青年在選擇職業時的考慮》簡直驚為天人，校長讀後對其大加讚賞。那麼，這篇文章體現出馬克思怎樣的擇業觀呢？

每個人都希望自己有一個理想的職業，特別是即將走上社會的青年人。生活在我們面前展示出一幅幅色彩

馬克思 1835 年 8 月寫的中學畢業作文《青年在選擇職業時的考慮》第 1 頁

斑斕的理想畫卷，吸引着我們認真地思考、判斷、爭論、選擇。朋友們，你們是否想到過，能夠選擇自己的職業，能夠選擇自己的人生目標，是人類獨有的一種幸福——其他動物是無法選擇在甚麼範圍內活動，選擇自己未來要做甚麼的！人類一定要珍視這種幸福，同時也要嚴肅地對待這種權利。看看中學時期的馬克思是怎麼説的吧：「這種選擇是人比其他創造物遠為優越的地方，但同時也是可能毀滅人的一生、破壞他的一切計劃並使他陷於不幸的行為。因此，認真地權衡這種選擇，無疑是開始走上生活道路而又不願在最重要的事情上聽天由命的青年的首要責任。」

那麼，他自己是怎樣「認真地權衡」的呢？馬克思在選擇

職業這個問題上是經過深入思考的。他面對社會上形形色色的選擇，首先批評了那種僅僅依據自私自利的個人打算或完全基於物質利益選擇職業的做法。他說：「誰要是為名利的惡魔所誘惑，他就不能保持理智，就會依照不可抗拒的力量所指給他的方向撲去。於是，他的社會地位已不由他自己抉擇，而取決於機緣和幻想。」同時，他又提醒人們不要被虛榮心所欺騙，不要「在幻想中把這種職業美化」，而是要從實際出發，冷靜地討論，包括自己的體質、能力等，都要考慮進去。馬克思在《青年在選擇職業時的考慮》一文中寫道：

> 偉大的東西是閃光的，閃光會激發虛榮心，虛榮心容易使人產生熱情或者一種我們覺得是熱情的東西；但是，被名利迷住了心竅的人，理性是無法加以約束的，於是他一頭栽進那不可抗拒的慾念召喚他去的地方；他的職業已經不再是由他自己選擇，而是由偶然機會和假象去決定了。

> 我們的使命決不是求得一個最足以炫耀的職業，因為它不是那種可能由我們長期從事，但始終不會使我們感到厭倦、始終不會使我們勁頭低落、始終不會使我們的熱情冷卻的職業，相反，我們很快就會覺得，我們的願望沒有得到滿足，我們的理想沒有實現，我們就將怨天尤人。

> 但是，不僅虛榮心能夠引起對某種職業的突然的熱情，而且我們也許會用自己的幻想把這種職業美化，把它美化成生活所能提供的至高無上的東西。我們沒有仔細分析它，沒有衡量它的全部分量，即它加在我們肩上的重大

責任；我們只是從遠處觀察它，而從遠處觀察是靠不住的。

在這裡，我們自己的理性不能給我們充當顧問，因為當它被感情欺騙，受幻想蒙蔽時，它既不依靠經驗，也不依靠更深入的觀察。

經過仔細的分析，馬克思提出了自己擇業的標準。我非常願意把下面這段話和大家分享，這是這篇文章的結尾，是馬克思最終的結論，這段話曾經鼓舞了無數人為了自己的理想而奮鬥：

> 如果我們選擇了最能為人類而工作的職業，那麼，重擔就不能把我們壓倒，因為這是為大家作出的犧牲；那時我們所享受的就不是可憐的、有限的、自私的樂趣，我們的幸福將屬於千百萬人，我們的事業將悄然無聲地存在下去，但是它會永遠發揮作用，而面對我們的骨灰，高尚的人們將灑下熱淚。

由此可見，馬克思這裡的討論已經遠遠地超出了世俗的職業範圍，他實際上講的是理想信念和人生志向。這僅僅是一篇中學作文，當然還不是馬克思的成熟之作，在馬克思的思想寶庫裡，也不佔有非常重要的位置。但我們從這篇作文中，可以看到馬克思在青年時期就有了寬廣的胸懷，就樹立了為人類謀幸福的偉大目的而獻身的遠大理想。《馬克思傳》的作者梅林對此讚揚道：馬克思「這個人在青年時代就已經是一個了不起

的人：他把自己的全部身心獻給了爭取真理的鬥爭，他表現出如飢似渴的求知慾，無窮無盡的精力，無情的自我批評精神，和那種只要情感迷失方向就壓倒情感的戰鬥精神」。

1835 年 9 月，馬克思從特里爾中學畢業。當年學校發給馬克思的畢業證書以及特里爾中學畢業考試成績摘錄、評語摘錄和參加考試的學生名單都保留至今。我們看一下馬克思所獲得的中學畢業證書是怎麼描述他的：

> 卡爾‧馬克思，生於特里爾，現年 17 歲，信仰新教，特里爾市律師、法律顧問馬克思先生之子，在特里爾中學就讀五年，在高年級就讀二年。
>
> 一、操行　對待師長和同學態度良好。
>
> 二、資質和勤勉情況　該生具有良好資質；古代語言、德語和歷史學習很勤勉，數學學習勤勉，法語學習不夠勤勉。
>
> 三、知識和技能
>
> 1. 語言：
>
> （1）德語　該生的語法知識，也和他的作文一樣，很好。
>
> （2）拉丁語　該生對在校所學古典作家作品較容易的地方，不經準備也能熟練而嚴謹地翻譯和解釋；如經過適當準備或者稍加幫助，即使對較難的地方，特別是那些不是在語言特點而是在內容和思想聯繫方面難於理解的地方，也常常能夠做到熟練而嚴謹地翻譯和解釋。從實際方

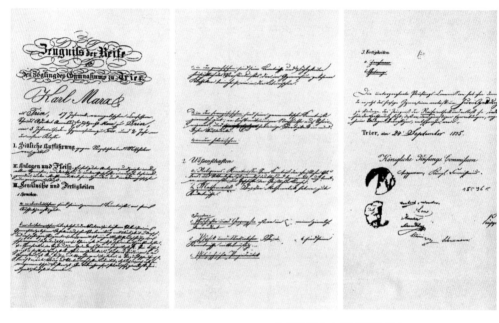

| 馬克思的中學畢業證書 |

面看，他的作文顯得思想豐富，對事物有較深刻的理解，不過經常過於冗長；從語言學方面看，作文說明該生做過許多練習，並力求運用地道的拉丁語，雖然還不免有些語法上的錯誤。他在口語方面，達到了相當令人滿意的熟練程度。

（3）希臘語　該生所具備的知識和理解古典作家作品的能力，差不多和拉丁語一樣；在翻譯校內所閱讀的古典作家作品方面，由於語法的扎實程度和把握性差一些，所以比不上拉丁語，不過，對那些甚至比較困難的地方他常常也能作出正確的解釋；總的來說，他的譯文相當流暢。

（4）法語　他的語法知識相當好；稍加幫助，他也能讀較難的東西，口頭表達方面也比較熟練。

（5）希伯來語（未填寫）

2. 各門學科：

（1）宗教知識　他對基督教教義和訓誡的認識相當明確，並能加以論證；對基督教會的歷史也有一定程度的了解。

（2）數學　在數學方面，他的知識很好。

（3）歷史和地理　一般來說他相當熟悉。

（4）物理　他在物理方面的知識中等。

（5）［哲學入門］（在畢業證書中此項被劃去）

3. 技能：

（1）［圖畫］（在畢業證書中此項被劃去）

（2）［歌唱］（在畢業證書中此項被劃去）

　　據此，下列簽名的考試委員會鑒於該生在中學已經修業期滿，為使他能學習法學，決定發給畢業證書准其畢業，希望他發揮自己的才能，勿負眾望。

王室考試委員會：

王室委員　布呂格曼

校長　維滕巴赫

勒爾斯

哈馬赫爾

施文德勒

居佩爾

施泰寧格

施內曼

1835 年 9 月 24 日於特里爾

　　馬克思不光是提出選擇職業的原則，而且也是按這種原則去選擇自己的職業。後面還會講到，中學畢業後，他順利進入大學，根據他的學習成績和家庭情況，謀個有名有利的職業毫無問題，但他毅然走上了一條艱苦的革命道路，決心為無產階級和全人類的解放奮鬥一生。

　　朋友們，當你們了解完馬克思整個生平和思想之後，希望你們回頭再來想一想我們本章所提到的內容。馬克思之所以能對人類歷史的發展作出非常偉大的貢獻，獲得了非常偉大的功績，其中一個很重要的原因就是他對職業的選擇曾經有過「認真地權衡」，年輕時就樹立了為人類謀幸福的遠大理想，並把它

作為畢生的使命。

　　人活着為甚麼要有理想？沒有理想行不行？我們知道有句電影台詞是：「人活着沒有理想，那跟鹹魚有甚麼分別？」人活着有了理想，就有了「精氣神」，他所散發出來的「氣場」，是與芸芸眾生區分開來的標誌，這種「天地正氣」使他的人生富有質感、不虛此行。職業是和理想聯繫在一起的，一個人選擇職業總是受理想的支配，而從事某種職業則是實現理想的手段。個人「小我」只有在理想的「大我」中才能得以真正地呈現。否則，如果每個人在人生道路的抉擇上只考慮「小我」，那談何「大我」，談何人類的未來？

　　無獨有偶，在中國，毛澤東少年時代在湖南一師讀書時，就非常關心國家和世界大事，很少考慮個人的問題，在同學中提倡「三不談」：不談金錢，不談家庭瑣事，不談男女問題。畢業後，他為了人民的解放，為了改造中國與世界，走上了艱難的革命道路，為此作出了巨大的個人犧牲。周恩來出生在比較富裕的家庭，但他從小不以物質享受為重，當他說出「為中華崛起而讀書」時，年僅 12 歲。中學時，周恩來和一些進步青年發起組織了「敬業樂群會」，他在會刊《敬業》上發表了許多戰鬥的詩篇和文章，抒發了他立志改造中國的遠大理想，其中有首詩寫道：「險夷不變應嘗膽，道義爭擔敢息肩？」這樣的理想信念和人生志向貫穿於周恩來的一生。

　　2013 年五四青年節，習近平總書記在同各界優秀青年代表座談時，講了一段極有文采、極富人生哲理的話：「青年朋友們，人的一生只有一次青春。現在，青春是用來奮鬥的；將

來，青春是用來回憶的……青年時代，選擇吃苦也就選擇了收穫，選擇奉獻也就選擇了高尚。青年時期多經歷一點摔打、挫折、考驗，有利於走好一生的路。要歷練寵辱不驚的心理素質、堅定百折不撓的進取意志，保持樂觀向上的精神狀態，變挫折為動力，用從挫折中吸取的教訓啟迪人生，使人生獲得昇華和超越。」

這段話在當代中國青年中引起強烈共鳴，激勵着無數青年發出了「奮鬥的青春最美麗」的錚錚誓言。如果讀過《習近平的七年知青歲月》這本書，就更能了解總書記青年時期的點點滴滴，我們再來回味和咀嚼這段話，更有一種跨越歷史、直擊人心的觸動與震撼，更能體會到總書記在講這一番話時的語重心長、殷殷囑託。在那段日子裡，青年習近平在艱難困苦中經歷摔打、挫折、考驗，做到了寵辱不驚、百折不撓、樂觀向上，真正實現了人生的昇華和超越。崇高的理想信念是支撐青年人不斷前進的最重要的力量，「奮鬥的青年」比「佛系的青年」更可貴。

這樣的例子舉不勝舉，這些偉人的故事告訴我們：一個人在青年時期根據甚麼樣的理想選擇職業，對他日後的發展和一生為人類為世界所作貢獻的大小，往往具有舉足輕重的作用。人們追求的理想不一樣，他們對職業的要求也就不一樣，日後的發展和貢獻也將千差萬別。「如果人只是為了自己而勞動，他也許能成為有名的學者、絕頂聰明人、出色的詩人，但他決不可能成為真正的完人和偉人。」馬克思在中學時期就確立了為人類獻身的偉大抱負，也看準了實現這一抱負的途徑，由此

奠定了他今後的人生道路。自古英雄出少年，道理莫過於此。
朋友們，我們捫心自問：是否對自己的人生做出了正確的選
擇？如果是，希望大家堅持下去。如果不是，當 17 歲已經遠
去，我們還有重新選擇的可能嗎？當然！只要我們想明白，任
何時候都不晚。

馬克思的人生志向究竟是甚麼？

簡言之，是希望人類社會具有「公民精神」。

甚麼是「公民」呢？通俗地説，公民就是毫不利己、專門利人、大公無私、公而忘私的人，是願意為共同體事業而無私奉獻的人。

盧梭在其名著《愛彌兒》裡講了一個古希臘時期斯巴達婆婆的故事：在戰爭年代，有一個斯巴達婆婆，她的五個兒子都被送上了戰場，她戰慄地等待着消息。這時一個奴隸跑來對婆婆説：請節哀，你的五個兒子都戰死了。婆婆説：我沒問你這個！戰爭進行得怎麼樣？奴隸説：我們的城邦勝利了！於是這位斯巴達婆婆跑到廟裡去禱告，不是哀歎她五個死去的兒子，而是感謝神靈保佑了城邦——這樣的人就是公民。由此可見，這位斯巴達婆婆甘願為了城邦的集體利益和共同體事業，而不惜奉獻和犧牲自己。馬克思 17 歲的時候，他的人生志向正是如此。他是這樣想的，他後來也確實是這樣做的。

大家可能會説：公民就是像斯巴達婆婆那樣為了多數人而犧牲了自己所有孩子的人，這不就是個傻瓜嗎？無獨有偶，雷鋒也曾經在日記中寫道：「我要做一個有

利於人民、有利於國家的人。如果說這是『傻子』，那我是甘心願意做這樣的『傻子』的，革命需要這樣的『傻子』，建設也需要這樣的『傻子』。」可是如今這個時代，老人摔倒了要不要去扶都成了熱搜榜話題，現代社會不缺精英、聰明人、精明人，缺少的是這樣的「傻子」和「公民」。公民精神不只是古希臘所獨有的，在中國傳統文化中也比比皆是，比如「取義成仁」「捐軀赴國難，視死忽如歸」「天下興亡，匹夫有責」「苟利國家生死以，豈因禍福避趨之」，幾乎隨處可見。

馬克思認為，公民精神在資本主義社會和現代文明中消失了，而一個真正理想的社會，應當是這種公民精神的復歸，它必將會再度降臨人間。後來，馬克思把這種理想社會叫作「共產主義社會」。

第三章

文藝青年變學霸

1836 年
大 學 生 活

哲 人 說

帷幕降下來了，我最神聖的東西已經毀了，必須把新的神安置進去。我從理想主義 —— 順便提一提，我曾拿它同康德和費希特的理想主義比較，並從其中吸取營養 —— 轉而向現實本身去尋求思想。如果說神先前是超脫塵世的，那麼現在它們已經成為塵世的中心。

—— 馬克思致父親的信，1837 年

1836 年，柏林的一家不起眼的舊書店裡，一個 18 歲的青年站在書架前，如飢似渴地翻閱着圖書，似乎準備買下整個書店。他請老闆幫他尋找《法哲學》，目光又不自覺地盯上了《法

━━━━━━ TIPS ━━━━━━

《藝術史》和《法哲學》

《藝術史》的作者是文克爾曼，德國藝術史學家、藝術理論家，他主張結合時代和民族的物質環境與社會背景來研究古代藝術作品，對藝術進行歷史的分析。藝術史的目的在於闡述藝術的起源、發展、變化與衰落，根據藝術作品來分析各個民族、各個時代。

《法哲學》即黑格爾的《法哲學原理》，1821 年出版，這本書從哲學的角度分析了法、道德、倫理與國家。在黑格爾的法哲學思想中，法體現了理性與自由。書中有句名言：「凡是合乎理性的東西都是現實的；凡是現實的東西都是合乎理性的。」這本書對馬克思的影響十分巨大。

哲學》旁邊的《藝術史》，拿到書後，先是快速地瀏覽起來，然後繼續尋找其他心儀的「獵物」，渾然不覺自己面前已經堆了一大摞書。這個青年就是馬克思，這種逛書店的方式是他的常態；當然，還有另一個常態——結賬時的猶豫。因為沒有能力付足現金，他只能給家裡郵寄賬單。

這就是 18 歲的馬克思，就讀於柏林大學，正在經歷人生中的一次重要轉變，正在走向一條成為超級學霸的道路。但鮮為人知的是，馬克思最初就讀的並不是柏

1836 年的馬克思畫像

林大學，一開始他也並不是一個「學霸」。

一年前，17 歲的馬克思上了大學，按照家人的意願，選擇了波恩大學的法律專業。全家人在碼頭歡送他登上開往波恩的輪船。大學生活開始了！新的人生到來了！終於擺脫父母的嘮叨了！馬克思像出籠的小鳥滿心狂喜，他第一年的大學生活充滿了年輕人的躁動與輕狂——他參加特里爾同鄉會，與貴族學生發生爭執，攜帶被禁止的武器，參與喝酒、決鬥，甚至被關過禁閉。他迷戀於創作浪漫主義文學，還經常給父親寄去自己創作的詩歌作品。但在父親眼裡，這不過是一個典型的「文藝青年」的表現。這時馬克思的父親因為肝病，身體很差，還要為馬克思的成長而操心，他寫信給馬克思批評他「雜亂無章、漫無頭緒地躑躅於知識的各個領域，在昏暗的油燈下胡思亂想，蓬頭亂髮，雖不在啤酒中消磨放任，卻穿着學者的睡衣放蕩不

──────── TIPS ────────

波恩大學

波恩大學創辦於 1818 年，坐落在風景秀麗的德國萊茵河畔，是啟蒙運動的產物。校訓是：為了太陽升起，我才來到這個世界。著名校友有：馬克思、海涅、尼采、哈貝馬斯、貝多芬等。當時的波恩大學有七百多名學生，它是萊茵地區的思想中心，那裡的主流思想是徹底的浪漫主義。

浪漫主義

浪漫主義作為歐洲文學中的一種文藝思潮，產生於 18 世紀末到 19 世紀初的資產階級革命和民族解放運動高漲的年代，它是法國大革命催生的社會思潮的產物。它在政治上反對封建專制，在藝術上與古典相對立，對個人獨立和自由的強調是其核心思想。德國古典哲學和空想社會主義為浪漫主義提供了思想理論基礎，浪漫主義強調創作的絕對自由，把情感和想像提到首要地位。代表人物有拜倫、雪萊、雨果、海涅等。

1836 年波恩大學特里爾
同鄉會的大學生在哥德斯
堡的白馬酒店前（當時的
石版畫），右起第六人為
馬克思。

羈;離群索居、不拘禮節甚至對父親也不尊重」。此外,馬克思大手大腳地花着父親的錢,在當時,最富有的人一年的花銷也不過五百塔勒,但馬克思一年要花掉七百,這讓他的父親傷透了腦筋。

與此同時,馬克思還在猛烈地追求他的青梅竹馬 —— 燕妮,追求的方式是用情書不斷地「轟炸」:

> 這太陽名字叫作愛情,它照得萬物通明透亮。
> 燕妮,當我把你的心靈窺望,
> 當我焦渴的心與目光,深深沉浸在你的身上,
> 我胸中就會升起太陽;
> 當你從我的身邊走過,我每根神經都會震蕩;
> 當我為你而心馳神往,便感到天空一片晴朗;
> 我目光如炬熱血滿腔,能擊退一切魑魅魍魎。

燕妮沒有被這些情書衝昏頭腦,女孩總比男孩要早熟一些。面對馬克思不着邊際的浪漫情詩,她憂心忡忡地寫信給馬克思說:「卡爾,我的悲哀在於,那種會使任何一個別的姑娘狂喜的東西,即你的美麗、感人而熾熱的激情,你的娓娓動聽的愛情詞句,你的富有幻想力的動人心弦的作品 —— 所有這一切,只能使我害怕,而且,往往使我感到絕望……所以,我常常提醒你注意一些其他的事,注意生活和現實,而不要像你所喜歡做的那樣整個地沉浸、陶醉在愛的世界裡,耗費你的全部精力,忘卻其餘的一切,只在這方面尋找安慰和幸福。」

　　父親的叮嚀、愛人的憂愁，讓馬克思開始意識到他的大學生活發生了不小的偏差，如此下去，那個中學時代要為全人類的幸福而工作的馬克思就要消失不見了，取而代之的可能是一個充滿幻想、麻煩纏身的公子哥。在父親的強烈要求下，馬克思決定轉學，前往柏林大學求學。動身之前，馬克思與燕妮私訂終身，這樁婚約在當時並不被人看好，一方面，燕妮出身貴族，家庭地位高於馬克思；另一方面，馬克思比燕妮小了四歲，在當時還不成熟。直到一年以後，燕妮的家庭才同意了這樁婚事。但是，燕妮不是一個品位世俗的男爵家的小姐，在眾多的追求者面前，馬克思雖然並不出眾，但她最終仍選擇了他，因為她深信與這個男人將擁有美好的未來，她深信這個男人有着無與倫比的力量。

　　1836 年 10 月，馬克思踏上了前往柏林的求學道路，他對此仍然心存芥蒂，並不情願。因為無論是馬克思生活過的特里爾還是波恩，都屬於德國西部，而柏林屬於東部，在當時，西部遠遠比東部繁華。因此，馬克思不太願意去一個相對落後的陌生地獨自生活。到了柏林以後，馬克思在寫給父親的信中提到：「到柏林去旅行我也是淡漠的，要是在別的時候，那會使我異常高興，會激發我去觀察自然，還會燃起我對生活的渴望。這次旅行甚至使我十分難受，因為我看到的岩石並不比我的感情更倔強、更驕傲，廣大的城市並不比我的血液更有生氣，旅館的飯食並不比我所抱的一連串幻想更豐富、更經得起消化，最後，藝術也不如燕妮那樣美。」儘管有一百個不情願，儘管要與燕妮異地戀，但是最終馬克思在清靜的柏林大學校園裡，

徹底變成了一個「學霸」。

馬克思的轉變與柏林大學的整體氛圍是分不開的。柏林大學的第一任校長是著名的哲學家費希特，他提出大學有雙重任務：對科學的探求以及人的個性與道德修養，這也奠定了柏林大學的辦學基調。這所大學出過很多名人，思想巨人黑格爾在這裡擔任過哲學系主任，後來出任校長，發表過著名的《柏林大學開講辭》。中國也有很多思想家、理論家曾在這裡就讀，比如宗白華、陳寅恪等，周恩來和郭沫若也獲得過這所學校的名譽博士證書。吸引大批學子前來這裡負笈苦讀的，是充滿着古典氣息的優良學風，這與波恩大學和其他大學完全不同。哲學家費爾巴哈曾在這裡就讀並拿到博士學位，他曾給父親寫信描述過這所學校的特質：「在這裡根本用不着考慮飲宴、決鬥、集體娛樂之類的問題。在任何其他大學裡都不像這裡這樣普遍用功，這樣對超出一般學生之上的事物感到有興趣，這樣嚮往學習，這樣安靜。和這裡的環境比起來，其他的大學簡直就是亂糟糟的酒館。」

轉學之後，馬克思「敞開肚皮讀書」，他廣泛閱讀了法學著作，重點學習了哲學，並且準備寫一部法的哲學。雖然最後他只寫下了三百頁的導言和大綱，但是天才的頭腦一旦開始經歷刻苦的學術訓練，思想就開始快速升級。馬克思的「學霸」體現在通宵達旦、廢寢忘食地閱讀和思考，由於大腦「CPU」運轉過熱，馬克思曾經一度「死機」，重病住院。即便是住院休養，馬克思仍然認為這是一段難得的學習時間，索性把黑格爾的著作從頭到尾讀了一遍，這不能不說是一個奇跡，因為黑格

爾哲學以艱深晦澀著稱，許多學生甚至需要花十年的時間，才能通讀黑格爾的全部著作，而馬克思只用了短短幾個月，就掌握了黑格爾哲學的基本「套路」。當馬克思恢復了健康，他立即參加了一個叫「博士俱樂部」的團體，這個俱樂部裡有「一些有抱負的青年人，他們大多已經完成了學業。那裡充滿着理想主義、對知識的渴望和自由的精神」。他們「最多的精力仍然是致力於黑格爾哲學」。新世界的大門向馬克思打開了，在他從浪漫主義轉向黑格爾哲學的過程中，他有幾天甚至完全不能思考問題，像狂人一樣在花園裡亂跑，他在新的思想領域裡興奮着、沉醉着，「他自信的步履敲擊着地面，震怒的雙臂直指蒼穹」。

黑格爾不是一個浪漫主義者，恰恰相反，他要求哲學應當去把握現實，即「思想要體現事情的客觀性」。因此對於馬克思來説，從「浪漫派」轉向「青年黑格爾派」是一

~~~~~~ TIPS ~~~~~~

博士俱樂部

一些青年黑格爾派分子經常在柏林大學附近的施特黑利咖啡館聚會，討論黑格爾哲學，成員中有幾位博士生，故而人們形象地稱之為「博士俱樂部」，柏林大學講師布魯諾・鮑威爾是其中的核心人物。他們推動了青年黑格爾運動的發展，從黑格爾哲學中引出革命論來批判宗教，捍衛言論和出版自由。馬克思是其中最年輕的成員，博士俱樂部對他青年時期的思想發展產生了重要的影響。

次艱難而重要的思想歷練，他必須在頭腦中放棄先前那些不切實際的幻想，而去真正思考現實問題本身。馬克思說：「帷幕降下來了，我最神聖的東西已經毀了，必須把新的神安置進去。我從理想主義——順便提一提，我曾拿它同康德和費希特的理想主義比較，並從其中吸取營養——轉而向現實本身去尋求思想。如果說神先前是超脫塵世的，那麼現在它們已經成為塵世的中心。」可以說，如果沒有這段時期的思想轉變，就不會有後來「真正」的馬克思的出場。我們知道，馬克思主義哲學正是在批判和繼承黑格爾哲學的基礎之上完成的，而其中至關重要的決定性一步，也就是對黑格爾思想的消化和吸收，正是在馬克思 20 歲左右的大學階段裡完成的。三十多年後，馬克思回顧起青年往事時說：「我要公開承認我是黑格爾這位大思想家的學生。」黑格爾在馬克思思想形成過程中的重要性，由此可見一斑。

博士俱樂部的成員成為了青年馬克思的戰友與親密的朋友，其中的核心人物布魯諾·鮑威爾更是直接影響了馬克思博士論文的寫作與最初的求職。馬克思在俱樂部中也是一位活躍的人物，埃德加爾·鮑威爾在詩中這樣描寫當時的馬克思，「是誰風暴般地奮勇前行？一位自由魔怪，來自特里爾的黝黑身影，似乎想要抓住天空使它匍匐在地」；科本稱馬克思是「一個真正的思想的寶庫，一個真正的思想的工廠」。思想的大門一旦重新打開，馬克思就開始任意馳騁，他有強烈的求知的渴望，也有活躍的思維，他在俱樂部裡展露了最初的鋒芒，思想的巨變使他趨向了哲學的殿堂，但同時也與家庭日益疏遠。

　　不幸的是，兩年之後，馬克思的父親去世了，再也無法批評和嘮叨馬克思了。這對於馬克思來說是個終生的遺憾，馬克思離家求學的過程中，追求過詩歌、愛情、哲學，卻唯獨與家庭漸行漸遠。子欲養而親不待，父親去世以後，馬克思一直保持着對父親深沉的愛，他把父親的照片放在上衣內側口袋裡，永遠隨身攜帶。當馬克思去世之後，恩格斯便把這張照片放在了他的靈柩裡。至親的去世使馬克思真正成熟了起來，他開始寫作博士論文，開始獨自擔負起自己的人生。

　　馬克思在短暫的大學時光中實現了從「文藝青年」到「學霸」的轉變，這不僅僅說明了他天才的頭腦與敏捷的思維，更重要的是凸顯了他堅強的意志和勇敢的執着，這些品質伴隨他一生，讓他能夠在思想上、在實踐中不斷創造「奇跡」。

　　朋友們，你們的大學時光又是如何度過的呢？大學是人生中重要的成長時期，回首馬克思的大學時光，既有「衣馬輕肥」，又有「書香醉人」，無論如何，找到自我成長的目標並為之奮鬥，這才是最重要的。大學是我們走向工作崗位、服務社會之前的最後一站，有難得的時間和寶貴的青春來求知向善、塑造自己。青春最為寶貴，也最容易浪費，好在青春允許我們去犯錯和改正，有道是「浪子回頭金不換」。趁着青春年華還未消散，靜下心來讀書思考，讓自己的頭腦更有智慧，這樣的人生才不虛此行。

青年馬克思是如何評價黑格爾的？

馬克思關於黑格爾的第一篇評論是寫於 1836 年的詩歌——《黑格爾。諷刺短詩》：

> 康德和費希特喜歡在太空遨遊，
>
> 尋找一個遙遠的未知國度；
>
> 而我只求能真正領悟
>
> 在街頭巷尾遇到的日常事物！
>
> 請原諒我們這些短小詩篇，
>
> 如果我們唱的調子惹人討厭；
>
> 我們已把黑格爾的學說潛心鑽研，
>
> 卻還無法領略他的美學觀點。

這個時期馬克思還處於排斥黑格爾的階段，他寫道：「我讀過黑格爾哲學的一些片段，我不喜歡它那離奇古怪的調子。」後來，馬克思的思想發生了轉變，「我從理想主義 —— 順便提一提，我曾拿它同康德和費希特的理想主義作比較，並從中吸取營養 —— 轉而向現實本身去尋求思想。

如果說神先前是超脫塵世的，那麼現在它們已經成為塵世的中心」。1837 年，馬克思參加了博士俱樂部，「由於在施特拉勞常和朋友們見面，我接觸到一個『博士俱樂部』，其中有幾位講師，還有我的一位最親密的柏林朋友魯滕堡博士。這裡在爭論中反映了很多相互對立的觀點，而我同我想避開的現代世界哲學的聯繫卻越來越緊密了」。馬克思在轉向黑格爾哲學的過程中，還受到了甘斯的影響，當時甘斯在柏林大學授課，他是黑格爾的學生，是黑格爾的《法哲學》和《歷史哲學》的主編。青年馬克思對黑格爾哲學的理解受到了甘斯以及博士俱樂部的影響，這也為後來他超越黑格爾哲學，建立自己的新唯物主義奠定了基礎。

第四章

哲學博士煉成記

1841年

博 士 論 文

哲 人 說

哲學，只要它還有一滴血在它那個要征服世界的、絕對自由的心臟裡跳動着，它就將永遠用伊壁鳩魯的話向它的反對者宣稱：

「瀆神的並不是那些拋棄眾人所崇拜的眾神的人，而是同意眾人關於神的意見的人。」

哲學並不隱瞞這一點。普羅米修斯承認道：

老實說，我痛恨所有的神。

這是哲學的自白，它自己的格言，藉以表示它反對一切天上的和地上的神，這些神不承認自我意識具有最高的神性。

不應該有任何神同人的自我意識相並列。

——馬克思博士論文「序言」

～～～～～　TIPS　～～～～～

耶拿大學的哲學家

約翰‧戈特利布‧費希特（Johann Gottlieb Fichte，1762—1814），德國作家、哲學家、愛國主義者，德國古典哲學的主要代表人之一。費希特早年深受康德賞識。1794年，費希特成為耶拿大學教授，主持康德哲學講座，完善他的哲學體系，並在此過程中與康德思想逐漸產生分歧。1798年，在他擔任《哲學雜誌》責任編輯的時候，因刊發一篇宗教懷疑論的來稿受到不虔誠的指責，最終，被迫於1799年離開耶拿遷居柏林。

弗里德里希‧威廉姆‧約瑟夫‧謝林（Friedrich Wilhelm Joseph Schelling，1775—1854），德國古典哲學的又一主要代表。早年曾和黑格爾在圖賓根大學同窗。1798年，年僅23歲的謝林受聘為耶拿大學的編外教授，講授自然哲學和先驗哲學。在耶拿的日子裡，他受到了浪漫主義影響，哲學創作進入了鼎盛時期，並成了浪漫派的領軍人物。謝林曾介紹黑格爾赴耶拿大學任教，但因黑格爾對他的批評而離開耶拿。晚年思想日趨保守，在黑格爾去世後，他受當局委派擔任柏林大學校長，清除黑格爾哲學的影響。

格奧爾格‧威廉‧弗里德里希‧黑格爾（Georg Wilhelm Friedrich Hegel，1770—1831），德國古典哲學的集大成者。1800年到耶拿和謝林共同創辦《哲學評論》，後任教於耶拿大學哲學系，其間發表《論費希特和謝林哲學體系的差別》，對謝林哲學作出批評。1807年，在出版《精神現象學》後離開耶拿大學。

德國耶拿大學哲學系有一間研討室，曾有多位思想家和哲學家在這裡講課。身形魁梧的費希特一遍又一遍地敲着黑板：「康德的物自體是個多餘。」謝林吃喝着同學們和他一起走到院子裡感受自然的美。黑格爾毫不領會他的大學室友謝林對他的善意，冷冷地説了句「黑夜中的牛都是黑色的」。

朋友們，從這些哲學家的話語中，想必你們也得出一個結論了：哲學真的是聽不懂。因此，更不用説是那些拿到哲學博士學位的學生了，在常人的眼中，他們更像是一群「異類」。

1841年4月15日，這間研討室裡舉行博士論文答辯會，但答辯現場出奇地安靜，因為答辯的主角沒有出場，既沒有答辯者羞澀的陳詞，也沒有評委嚴厲的訓斥。

在這場特殊的答辯會上,答辯組專家看完論文,一致決定:這是一篇出色的博士論文,儘管本人沒來,情況特殊,但仍然應當破格授予其博士學位。

這位沒到場參加答辯的「異類」,就是我們的主角 —— 馬克思。

那麼,馬克思是如何寫作博士論文的呢?他的博士論文寫了甚麼內容?又為何拿到了耶拿大學的博士學位呢?

一切還要從五年前說起。

1836 年,馬克思轉學到柏林大學學習哲學,他升級為一個勤奮的「學霸」,每天除了看書,還去聽博士和青年教師們辯論聊天,這些青年都是黑格爾哲學的忠實信徒,並組成了一個學術團體,叫「青年黑格爾派」。在這些人當中,有一人和馬克思關係最為親近,他不但幫助馬克思的學業,還幫助馬克思規劃後來的職業,他就是馬克思大學時期的導師、柏林大學的神學講師 —— 布魯諾‧鮑威爾,在接下來的幾年時間裡,鮑威爾

布魯諾‧鮑威爾
(1809—1882)

對馬克思的人生發展與規劃起了重要作用。比如，馬克思正是在鮑威爾的鼓勵下才決定寫作博士論文的，並遵從了鮑威爾的建議，最終寫成博士論文並把論文寄給耶拿，獲得了博士學位。

從馬克思到柏林大學學習哲學，到取得博士學位，只有短短的五年時間。但這一段時期對於他的學術發展、思想發展、人生發展是極其重要的。這種重要性集中體現在以下三件重要事情的選擇上。

第一件事情是轉專業。

馬克思在青年時期和我們現在的很多大學生一樣，面臨着對自己專業不滿意的問題。他最初聽從了父親的意見選擇了熱門的法律專業，但很快就找到了自己真正的興趣，並轉到了比較冷門的哲學專業。興趣是最好的老師，也是擺脫世俗眼光的動力。當馬克思在波恩大學按照父親的意願讀法律時，興趣並不濃厚，甚至一度和其他年輕人一起抽煙、喝酒、逃學，後來他的父親寫信嚴厲地批評了他，警告他如果荒廢學業的話，就斷絕他的經濟來源。因此馬克思選擇了轉學、轉專業，並以極大的熱情投身到學術研究之中。

馬克思選擇哲學，最根本的原因在於哲學所承擔的使命。在古希臘人看來，哲學是愛智慧的學問，哲學關心世界的本源。到了近代，哲學家們對哲學的認識更進一步。黑格爾説過，哲學是被把握在思想中的它的時代。後來，馬克思把這句話説成是「任何真正的哲學都是時代的精神上的精華」。這兩種表達有一個共同的要素，那就是哲學與時代密切相關，哲學是對時代最深刻的認識。馬克思選擇哲學，根本上是要深刻認識他

所處的時代，認識時代的特徵，領會時代的使命，而只有哲學才能承擔這個使命。

第二件事情是寫論文。

寫論文對於很多大學生來說都是一個不小的考驗。一篇合格的學術論文的基本要求是，就某一個問題表達你的觀點，並且對你的觀點作出論證，不但要保證你的觀點不落後、不陳舊，還要做到論證有說服力、有文獻支撐，這就需要你引經據典，查找文獻。可是，對於很多文科生來說，查文獻、寫觀點並不難，難的是「湊字數」。特別是博士論文，一篇比較優秀的文科博士論文的字數要 15 萬至 20 萬字，而對於不讀博士學位的許多人來說，很可能一輩子也寫不到這麼多字。更何況一篇哲學博士論文本身就要求哲學概念的規範的推演論證，簡直難於上青天。

言歸正傳，馬克思既然選擇了自己喜歡的哲學專業，就要在哲學方面展示出自己的超群實力，如何展示呢？最直接的辦法就是在本來就很難的哲學領域選擇一個難度最高的題目，寫一篇論文，這篇論文最好是所有論文裡最難寫的等級，也就是博士論文，一步到位。通俗點說，就是難上加難，難上更難。這個時候，馬克思的導師鮑威爾前往波恩大學任教，他希望馬克思盡快寫完博士論文，拿到博士學位，這樣就可以爭取在波恩大學裡謀得教師職位，一起做同事。於是在 1840 年下半年，馬克思開始動筆寫博士論文，他的博士論文題目非常繞口，叫做《德謨克利特的自然哲學和伊壁鳩魯的自然哲學之間的差別》。

要讀懂馬克思博士論文的題目就很不容易，我們得先了解

TIPS

兩千年前的原子論

我們知道，原子是非常小的，不但肉眼看不出來，就是用顯微鏡也看不出來。但其實古希臘的原子論不是科學理論，而是一種哲學上的設定，哲學從概念上推測並設定存在一種不可再分的粒子，這個粒子就叫原子。

題目中的三個關鍵詞：德謨克利特、伊壁鳩魯和自然哲學。這三個詞是啥意思？前兩個詞是人名，德謨克利特和伊壁鳩魯都是古希臘哲學家。德謨克利特生活在公元前 440 年後，即希波戰爭結束後希臘奴隸制社會最為繁盛、科學活動最為興旺的伯里克利時代。德謨克利特繼承和發展了留基伯的原子論，並把它發展成為系統的原子論理論。他認為，萬物的本原是原子與虛空，原子是一種最後的不可分的物質微粒，宇宙的一切事物都是由在虛空中運動着的原子構成。所謂事物的產生就是原子的結合，原子處在永恆的運動之中，即運動為原子本身所固有。虛空是絕對的空無，是原子運動的場所。伊壁鳩魯大約生活在公元前 341 年至前 270 年之間，他在西方思想界具有重要影響，主要原因在於他開創了伊壁鳩魯主義，即享樂主義的倫理學。他的學說的宗旨就是要達到不受干擾的寧靜狀態，並要學會快

樂，快樂就是善。

自然哲學是古希臘哲學中的一個研究領域，主要討論的是世界的起源和構成。最早，希臘哲學之父泰勒斯提出，「水是萬物的起源」。此後，希臘哲學家們提出了各種版本的世界起源學說，比如，有人主張世界起源於氣，有人提出世界起源於火，還有人提出了「四根說」，即世界起源於四種元素。

無獨有偶，德謨克利特和伊壁鳩魯這兩位古希臘哲學家認為物質是由微小的、不可再分的原子構成的，物質有變化和運動是因為原子本身的運動。那麼，原子運動究竟是甚麼樣的呢？兩位哲學家給出了不同的解釋。德謨克利特認為原子的運動是沿着既定軌道進行的直線運動；而伊壁鳩魯認為原子的運動是包含偶然性的偏斜運動，它會離開既定的軌道，從而實現它自己真正的意圖——自由。

馬克思之所以選擇這個題目，一方面是因為它難寫，另一方面則與自己的立場有關。可以說，馬克思正是通過這篇博士論文，明確提出了自由的立場。馬克思認為，原子偏離軌道的運動，對於原有的既定軌道來說，無異於一場「革命」。

甚麼是自由？當代英國著名哲學家以賽亞‧伯林曾提出消極自由和積極自由之分，他認為，消極自由是免於侵犯的自由，是 free from，強調的是在一個特定領域內個人不受任何公權的侵犯，可以「我的地盤我做主」。西方的諺語「我的茅屋風能進雨能進，就是國王不能進」，就是對消極自由的生動描述。而積極自由指的是，人們可以按照自己的意志去實現個人的目的，它是 free to do，強調人們可以按照自己的意志去建設特

定的社會制度，在此意義上，法國大革命以人民的美好願望為目標去建立全新的世界就是對積極自由的典型說明。在伯林的劃分中，消極自由主要以英美自由主義為代表；而積極自由主要以盧梭、黑格爾等大陸哲學家為代表。當前，很多西方學者常批評馬克思的學說沒有自由、不尊重個人自由，其實，通過馬克思的博士論文，我們正好可以對這個批評作出回應。

我們應該看到，馬克思主張的自我意識帶來新的偏斜和運動不能算作「消極的」自由，他很少專門強調免於侵犯的自由。馬克思的確沒有像自由主義者那樣劃出一塊地盤規定公權不得侵犯，但是在評普魯士的書報檢查制度等文章中，他同樣珍視出版自由等自由，同樣抨擊專制的普魯士政府，他對自由的追求與同時期的啟蒙思想家是一致的。

比起同時期的自由主義者們，馬克思強調的是個體按照自我意識進行自我立法的自由，這是一種「改天換地」建設人類美好社會的自由。同時，這個自由是科學的、理性的，馬克思非常推崇 17 世紀荷蘭籍猶太哲學家斯賓諾莎提出的「自由是對必然性的認識」，在後來的著作中，馬克思、恩格斯曾多次援引斯賓諾莎的說法，來強調自由與人們的認識相關，「改天換地」是在理性和科學的基礎上進行的，而不是空想的、盲目的自由。在此意義上，馬克思後來的社會政治學說就初現輪廓了。一方面，馬克思要追求理想的社會，這個理想的社會便是共產主義；另一方面，馬克思的共產主義構想不是空中樓閣，也不是盲目運動，而是建立在科學、嚴謹的分析基礎上的，建立在唯物史觀的科學真理基礎上的。因此，我們認為，馬克思絕不

是敵視自由，他的學說從一開始就尊重自由，甚至可以說，自由成了他哲學學說的最初出發點。只不過，自由概念誠可貴，實現自由價更高，馬克思用畢生的精力從事革命的事業，目標就是在科學理性的基礎上建立理想的社會制度，最終實現人的自由全面發展。

第三件事情是換學校答辯。

經過幾個月的艱難思考與寫作，1841 年初，馬克思的博士論文終於寫完了，按照博士學位培養程序，還需要通過論文答辯才能真正拿到哲學博士學位證書，從而實現鮑威爾許諾給他的人生「小目標」——去波恩大學任教。但是，論文寫得再好，也得有人欣賞，否則很難通過專家評審和答辯。馬克思這時候才意識到，對於日趨保守的柏林大學來說，他論文裡關於自由的觀點將難以征服那些權威專家，只能找一所能夠認可他學術觀點的大學去答辯。於是，在鮑威爾的建議下，馬克思選擇了耶拿大學。

耶拿大學是一所甚麼樣的學校呢？它位於德國東部的圖林根州，是德國久負盛名的大學，目前，它的哲學、光學、德語教育等專業依然處於世界領先地位。在 18、19 世紀，耶拿大學是近代歐洲思想運動的中心，既是德國古典哲學的中心，也是德國浪漫派運動的中心。這裡還是當時法學研究的重鎮，哲學家費爾巴哈的父親老費爾巴哈便是耶拿的刑法學家，至今在圖書館所坐落的馬路邊還立有老費爾巴哈的雕像。在馬克思選擇到耶拿大學答辯之前，德國古典哲學重要代表人物費希特、謝林、黑格爾都曾先後在耶拿任教；而且耶拿還有一位自由主

TIPS

耶拿大學

耶拿大學（Universitt Jena），始建於 1558 年，是德國最古老的大學之一。為紀念德國著名詩人席勒，在 1934 年，耶拿大學改名為耶拿·弗里德里希·席勒大學（Friedrich-Schiller-Universitt Jena）。

耶拿大學位於被稱為「德國的綠肺」的圖林根州，卡爾·蔡司光學公司位於耶拿，同樣有多個「馬克斯─普朗克研究所」（馬普所）坐落在耶拿。至 2017 年，共 6 位諾貝爾獎得主曾在耶拿大學求學、任教或研究，位居世界前列，最近的一次是 2000 年的諾貝爾物理學獎。

費爾巴哈

德國刑法學家費爾巴哈（Paul Johann Anselm von Feuerbach, 1775—1833），是近代刑法思想的奠基人，被譽為「近代刑法學之父」，曾任教於耶拿大學。他是哲學家路德維希·安德列斯·費爾巴哈（Ludwig Andreas Feuerbach）的父親。哲學家路德維希·費爾巴哈（1804—1872）曾在柏林跟隨黑格爾學習哲學，是「青年黑格爾學派」的一員，曾對馬克思、恩格斯從唯心主義走向唯物主義產生了巨大影響。晚年隱居在鄉村，因與外界缺少交流而與社會日漸脫節，在歷史、道德領域再次走向唯心主義，被恩格斯稱為「半截子的唯物主義」。

義的重要代表 —— 弗里斯，黑格爾在《法哲學原理》中曾經批判過弗里斯。但在某種意義上，弗里斯在耶拿的地位一點兒都不比黑格爾低，至今耶拿大學哲學系的學術報告廳牆上仍有弗里斯的雕像，耶拿哲學系學術報告廳一共有五位在此任教過的哲學家雕像，另外四位是費希特、謝林、黑格爾、弗雷格。弗里斯作為自由主義的重要代表，對耶拿哲學系產生了重要影響，所以，當時的耶拿自由主義色彩是非常強烈的；相對而言，倒是柏林大學正在清算黑格爾哲學，保守主義氣氛日趨濃厚。

因此，馬克思選擇申請耶拿大學的博士學位，一是因為這是一所哲學名校；二是因為耶拿大學的精神特質與馬克思十分相符，這樣便可以少走彎路，盡快畢業，並

開始教師生涯。從結果來看，基本如馬克思所願，博士論文於 1841 年 3 月底完稿，4 月 6 日馬克思把它寄給耶拿大學哲學系，4 月 15 日在馬克思本人未到場的情況下，這篇論文全票通過，答辯組專家決定授予馬克思耶拿大學哲學博士學位。但是，馬克思拿到博士學位以後，究竟有沒有順利進入大學任教呢？這個問題我們留待後面一章為大家揭開謎底。

第五章

初入職場遇苦悶

1842年

報 社 工 作

哲 人 說

1842—1843 年間，我作為《萊茵報》的編輯，第一次遇到
要對所謂物質利益發表意見的難事。 萊茵省議會關於林木
盜竊和地產析分的討論， 當時的萊茵省總督馮·沙培爾先
生就摩塞爾農民狀況同《萊茵報》展開的官方論戰，最後，
關於自由貿易和保護關稅的辯論， 是促使我去研究經濟問
題的最初動因。

—— 馬克思：《〈政治經濟學批判〉序言》

　　1842 年 10 月，在拿到博士學位整整一年半的時間之後，
馬克思終於找到了工作。很遺憾，這份工作並不是甚麼波恩大

學哲學系教師，而是科隆的《萊茵報》編輯。在馬克思剛剛從
事編輯工作時，心情並不愉快，因為在過去一年半的時間裡，
他遭遇了太多的變故和波折。

馬克思拿到博士學位時，還沒來得及把證書在懷裡揣熱
乎，就遭到了來自普魯士政府和波恩大學全體教師施加的巨大
壓力──他們解除了鮑威爾的教師職務，當年馬克思正是在鮑
威爾的鼓勵之下完成了博士論文。這樣一來，馬克思的博士論
文完全沒有機會發表和出版，以至於長期以來人們都不知道馬
克思的博士論文寫了甚麼。

心灰意冷的馬克思回到了故鄉特里爾，在家裡蝸居了一段
時間，母親不滿於馬克思的「啃老」，終於在 1842 年 6 月底，
母子之間爆發了一場激烈的爭吵，母親一怒之下斷絕了馬克思
的一切經濟援助，並把他趕出家門，讓他去自力更生。馬克思
摔門而去，在附近找了一家客店住了下來。在此期間他收到了
導師鮑威爾的來信，説希望兩人能一起辦一張激進的報紙，馬
克思非常欣喜，但是好景不長，普魯士的新國王頒佈了一道書
報檢查令，這個辦報紙的願望胎死腹中。

不過，從事新聞出版事業的願望在馬克思的腦海裡深深
地扎下根來，他把目光投向了另一份言論自由、針砭時弊的報
紙──《萊茵報》。他文思泉湧，妙筆生花，為《萊茵報》撰寫
了許多政論文章；《萊茵報》也注意到了這個才能不凡的小伙
子，在發表馬克思文章的同時，邀請他來《萊茵報》報社工作。
於是在參加完姐姐的婚禮之後，馬克思即刻動身前往科隆。

科隆是德國西部著名的城市之一，以科隆大教堂而聞名於

世。馬克思在這裡謀得了人生的第一份正式工作——報社記者和編輯。起初這只是養家糊口的手段，但隨之而來的是，馬克思在其中獲得了意外之喜：通過關注和研究萊茵地區的經濟社會狀況，可以觀察到一個真實的德國社會。馬克思心心念念的願望，就是研究、批判和改造德國現實社會。

我們時常把大學稱作「象牙塔」，而畢業和就業的過程，是從象牙塔裡出來進入社會的過程，社會會把全部生活的複雜性攤給你看。馬克思初入社會時，這個天才的而又有些憤世嫉俗的小伙子大膽地揮舞起了筆桿子，用辛辣諷刺的語調針砭時弊，特別是將在學校裡學到的黑格爾的辯證法運用得出神入化。同時，他開始接觸到農民、貧困者的生活狀況問題。馬克思發現，他學到的整個知識體系在現實問題面前都受到了根本的動搖，他先前沒遇到過真正的貧困問題。那麼，到底馬克思的知識是對的，還是社會現實問題是對的呢？馬克思苦苦思索着答案。後來馬克思在回憶這一時期的思想變化時，把它叫作「《萊茵報》時期的苦惱」，這個「苦惱」至關重要，它決定性地使馬克思脫離和批判黑格爾的哲學，而與歷史唯物主義的新世界觀越走越近。那麼，馬克思究竟在「苦惱」甚麼呢？

我們知道，19世紀初，德國開始了資本原始積累階段，其中一個主要形式，就是把原先由農民共同使用的森林、草地等公共資源進行大規模私有化，這一進程遭到了農民的強烈反對。馬克思所關注的問題，緣起於《林木盜竊法案》的出台。萊茵省摩塞爾河谷植被茂密、風景如畫，這裡有大面積的原始森林，許多農民世世代代在這裡生活。這裡冬天氣溫寒冷，因

此農民便在森林裡撿拾枯枝，帶回家生火取暖，偶爾也用斧子砍伐樹木。這種生活方式延續了幾百年，似乎沒有甚麼問題。但在最近，新興的資產階級群體把森林佔為己有，甚至出台了物權保護法，法律聲稱：農民一切砍伐林木的行為都侵害林木所有者的利益，都是「盜竊」行為，應當以盜竊罪論處，甚至撿拾枯枝的行為也是「盜竊」，以同等罪名論處。農民不高興了：我們世世代代都是這樣生活，森林屬於自然資源，為甚麼到了今天反而變成了少部分人的私有財產，而大部分人日常賴以維生的行為卻變成「犯法」了呢？太荒唐了！

馬克思看完了議會的辯論記錄後，立即決定為農民和貧苦者辯護。馬克思說，林木佔有者表面上是在立法維護個人物權，但把森林變成個人私有財產本身就是非法的。幾百年來，農民進山砍柴都是合理地使用自然界的力量，這已經成了他們的習慣權利。這種習慣權利是完全合法的，它比法律更有力量。而且問題不在於摩塞爾河谷的農民和窮人，而是一切國家的窮人都具有這種習慣權利。因此，馬克思的結論是：農民進山撿拾枯枝、生火取暖是對自然資源的合法佔有，根本不能算作盜竊。相反，林木所有者為此立法的行為本身才是不可饒恕的，他們是徹頭徹尾地侵佔大多數人的公共利益，把它變成個人的私人利益，甚至為了那些枯死的樹枝，而不惜把無辜的群眾拋入犯罪、恥辱和貧困的地獄。

我們知道，馬克思在大學期間先後學習過法律和哲學專業，而且是從黑格爾的《法哲學》入手的。按照黑格爾的觀點，國家和法律是「理性」的代表，它理應代表大多數人的利益。

但現實卻是一小部分權貴把公共財產據為己有，甚至還要立法來懲罰農民，而法律卻恰恰站在了私人利益這一邊。馬克思的「三觀」被顛覆了，他不得不深入思考：到底哪裡出問題了呢？是法律出了問題，還是立法者出了問題？馬克思立刻敏銳地意識到，兩方面都出了問題，但最為根本的方面是哲學出了問題，這個問題不從根本上來解決，德國社會就依然不能進步。

1843 年初，馬克思在《萊茵報》上連續發表《摩塞爾記者的辯護》，對封建社會制度和普魯士官僚國家進行無情的批判，再一次捍衛貧苦農民的利益。

在此之前，《萊茵報》未加署名發表該報記者科布倫茨的通訊，敍述摩塞爾河沿岸葡萄種植者的貧困處境，批評政府對他們不加任何幫助。萊茵省總督沙培爾對這篇通訊十分不滿，把「葡萄釀造者求助的呼聲看作是無恥叫囂」，指責記者造謠中傷、誹謗政府和引起敵意。官方對《萊茵報》提出直接的挑戰。作為《萊茵報》主編，馬克思立即起而應戰。1843 年 1 月 15 日至 20 日，《萊茵報》發表了他的重要論文：《摩塞爾記者的辯護》。

馬克思指出：「在研究國家生活現象時，很容易走入歧途，即忽視各種關係的客觀本性，而用當事人的意志來解釋一切。但是存在着這樣一些關係，這些關係決定私人和個別政權代表者的行動，而且就像呼吸一樣地不以他們為轉移。只要我們一開始就站在這種客觀立場上，我們就不會忽此忽彼地去尋找善意或惡意，而會在初看起來似乎只有人在活動的地方看到客觀關係的作用。」

發表在 1843 年 1 月 15 日《萊茵報》上的《摩塞爾記者的辯護》一文

　　這就是說，摩塞爾河谷農民的貧困狀況，既不是由自然原因造成，也不應該從個別官員的過失中找到解釋；國家對摩塞爾河谷農民的貧困處境無動於衷，不加任何幫助，也不應該歸罪於個別官員的惡意。這一切都是由「各種關係的客觀本性」，首先是由當時的封建生產關係和普魯士專制制度所決定的。這樣，馬克思就把批判的矛頭直接指向普魯士的社會政治制度。

　　同時，馬克思還關注猶太人呼籲的「宗教解放」運動。普魯士政府要求猶太人改信基督教，引起了猶太人的強烈不滿，他們要求實現宗教信仰自由。但是，馬克思提出了疑問，宗教信仰自由能夠僅僅在宗教領域實現嗎？不能，因為這不僅是宗教教義問題，更是政治問題，猶太人要求的解放實質上應當是政治解放，即獲得「人權」。但是馬克思又進一步發問：政治解放如果成功，就萬事大吉了嗎？並沒有，因為「人權」實現的是猶太人的「猶太精神」，而這正是橫行歐洲的「資本主義精神」，表現出「唯利是圖」的特徵。只要這種精神存在，人們就是自私自利的人，就會有資本家壓迫工人，就會有資產階級統治無產階級。因此，政治解放只不過是作為資本家代言人的統治者的解放，而真正意義上的解放，是全人類的解放，它遠遠高於「宗教解放」，也同樣高於「政治解放」。

　　那麼，如何實現人類解放呢？馬克思說：「人類解放的頭腦是哲學，心臟是無產階級。」意思是說，唯有讓無產階級掌握哲學武器，才能具有革命和解放的覺悟。馬克思把他的想法寫成了兩篇文章，一篇是《〈黑格爾法哲學批判〉導言》，一篇是《論猶太人問題》，後來發表在《德法年鑒》的創刊號上。這

兩篇文章共同的落腳點，就是「人類解放」的主題，這是馬克思的「初心」，也同樣是共產黨人的「初心」。「人類解放」像一顆火種，深深地埋在了馬克思的思想土壤裡。馬克思一生的事業，都在為實現人類解放事業而奮鬥。

那麼，具體到德國，解放的實際可能性到底在哪裡呢？馬克思在《〈黑格爾法哲學批判〉導言》中寫道：

> 就在於形成一個被戴上徹底的鎖鏈的階級，一個並非市民社會階級的市民社會階級，形成一個表明一切等級解體的等級，形成一個由於自己遭受普遍苦難而具有普遍性質的領域，這個領域不要求享有任何特殊的權利，因為威脅着這個領域的不是特殊的不公正，而是一般的不公正，它不能再求助於歷史的權利，而只能求助於人的權利，它不是同德國國家制度的後果處於片面的對立，而是同這種制度的前提處於全面的對立。最後，在於形成一個若不從其他一切社會領域解放出來從而解放其他一切社會領域就不能解放自己的領域。總之，形成這樣一個領域，它表明人的完全喪失，並因而只有通過人的完全回覆才能回覆自己本身，無產階級這個特殊等級就是社會解體的這個結果。
>
> 德國無產階級只是通過興起的工業運動才開始形成；因為組成無產階級的不是自然形成的而是人工製造的貧民，不是在社會的重擔下機械地壓出來的而是由於社會的急劇解體、特別是由於中間等級的解體而產生的群眾，雖然不言而喻，自然形成的貧民和基督教日耳曼的農奴也正

在逐漸跨入無產階級的行列。

無產階級宣告迄今為止的世界制度的解體，只不過是揭示自己本身的存在秘密，因為它就是這個世界制度的實際解體。無產階級要求否定私有財產，只不過是把社會已經提升為無產階級原則的東西，把未經無產階級的協助就已作為社會的否定結果而體現在它身上的東西提升為社會的原則。這樣一來，無產者對正在生成的世界所享有的權利就同德國國王對已經生成的世界所享有的權利一樣了。德國國王把人民稱為自己的人民，正像他把馬叫作自己的馬一樣。國王宣佈人民是他的私有財產，只不過表明私有者就是國王。

哲學把無產階級當作自己的物質武器，同樣，無產階級也把哲學當作自己的精神武器；思想的閃電一旦徹底擊中這塊素樸的人民園地，德國人就會解放成為人。

我們可以作出如下的結論：

德國唯一實際可能的解放是以宣佈人是人的最高本質這個理論為立足點的解放。在德國，只有同時從對中世紀的部分勝利解放出來，才能從中世紀得到解放。在德國，不摧毀一切奴役制，任何一種奴役制都不可能被摧毀。徹底的德國不從根本上進行革命，就不可能完成革命。德國人的解放就是人的解放。這個解放的頭腦是哲學，它的心臟是無產階級。哲學不消滅無產階級，就不能成為現實；無產階級不把哲學變成現實，就不可能消滅自身。

　　由於馬克思的才能被廣泛認可，因此雖然他僅僅 24 歲，卻已經是《萊茵報》的實際主編了。但是好景不長，由於普魯士當局的壓力，也由於報社內部意見不合，馬克思選擇了辭職。《萊茵報》的投資合夥人中有許多普魯士政界要員，其中就有魯道夫‧康普豪森，後來的普魯士總理。他非常欣賞馬克思的才能，聽說馬克思辭職了，便一直鼓動他入閣，希望他能夠出任財政部長或者國家銀行行長。這實在是一份令人豔羨的職位，但是馬克思志不在此，拒絕了這份「好意」。馬克思辭職之後，並沒有急着找下一份工作，而是完成了人生中的一件大事——結婚。他和燕妮之間長達七年的戀愛長跑，總算要抵達勝利的終點了。那麼，馬克思和燕妮之間有着怎樣的戀愛經歷和愛情故事呢？我們下一章接着說。

提問角

馬克思主義究竟關不關心政治權利？

馬克思主義似乎給人的印象是不關心政治權利？在這裡，我們首先想說的是，這實在是一個天大的誤解。但是，這一誤解卻一直在中西方社會中存在，以至於在我們在現實社會生活中一談到自由民主權利等概念時，似乎只有西方憲政、民主權利才算正宗。另外，早在蘇聯解體之際，弗朗西斯‧福山的《歷史的終結與最後的人》一書，認為人類歷史終結於自由民主制度，「最後的人」也不是自由而全面發展的人，是資本主義社會中的中產階級——布爾喬亞（bourgeois）。那麼，我們應該如何看待人類歷史發展中的政治權利問題呢？

對於這一問題，實際上馬克思早在《萊茵報》工作時期，就給出了明確的回答。資產階級革命的政治解放，確立了人的政治權利、公民權、財產權，這是歷史重大的進步，比如《人權宣言》《大憲章》《獨立宣言》，但不幸的是，這種政治「公民」卻在工廠勞動中受到剝削，吃不飽飯，活得人不像人，沒有最基本的人的尊嚴。法律中規定的政治公民及其權利成為「抽象的」，而以經濟利益為前提的利己個人

卻成為「現實的」存在。馬克思一針見血地指出，黑格爾《法哲學》中顛倒了市民社會與國家之間的關係，顛倒了法權與經濟權利的關係，不是法律、政治決定人的現實存在，而是市民社會決定國家，理解政治國家的秘密在於市民社會。因而馬克思不是不關心人的政治權利，他認為片面強調政治權利並不能帶來人的真正解放。而要實現人的解放，就要沿着宗教解放—政治解放—人的解放的思路進行。馬克思指出，宗教本是人為其精神寄託而創造出來的，但結果是人受到宗教的奴役；而宗教之所以能夠奴役人，是由於德國的現存制度利用宗教來奴役人。於是，馬克思便從宗教批判走向了政治批判，指出德國的國家和法的哲學在本質上是為了維護德國現存制度，而德國現存制度的根本原則是「不把人當人看」。批判政治制度進而進入經濟領域，馬克思認為「對市民社會的解剖應該到政治經濟學中去尋求」。

「政治解放」中所倡導的「人權」，就是「人類解放」嗎？

不是。《人權宣言》裡所說的「人權」，其實指的是「市民權」或「財產權」，就是說我有權利去獲得屬於我的財富，別人沒有權利侵犯我的財富，至於你怎麼去獲取財富，怎麼賺錢，你得自己去競爭、想辦法。所以，所謂的資產階級的「自由平等」思想，其實是人人都有自由賺錢的機會，機會面前人人平等，每個人都要去追求自我利益、實現個人慾望，但它的基本前提是賺錢，是榨取財富，是弱肉強食，我們千萬不要忘了這個前提。在這個前提之下，如果你競爭失敗、忍飢捱餓、流離失所，這是你自己無能，怨不得別人。所以我們看到，市民社會摧毀了家庭，把每個人變成一個個獨立的個體，這些個體互相對立、孤立無援，而不得不捍衛那點屬於自己賺錢的權利，削尖了腦袋想辦法去賺錢。這樣一來，人和人之間的交往就變成了貨幣交換，於是如果你贏得了越多的貨幣，你就越具有交往和交換的主動權，你就會感到生活體面、具有尊嚴。所以我們看到，第一，所謂自由平等有尊嚴，其實體現的是你的賺錢能力；第二，賺錢本來是服務於幸福生活

的手段，現在卻成了生活的目的，不賺錢就活不下去；第三，中世紀神聖的上帝在資本主義社會中被消滅了，但是又建立起了一個世俗的上帝，那就是金錢、資本、賺錢的能力，權力，人人都必須崇拜他。

所以，「政治解放」中所倡導的「人權」，並不是「人類解放」。要想實現「人類解放」，先要消滅資產階級意義上的「人權」。

第六章

幸福終於來敲門

1843年

新婚燕爾

哲 人 說

燕妮——這是兩個多麼奇異的字樣，

它的每個音節都美妙悅耳，

像是金弦琴的清音嘹亮，

宛如神話中善良的仙靈，

彷彿是浮動在春以夜的月影，

到處為我歌唱。

——馬克思

1843 年 6 月 19 日，在特里爾東北部的一座小鎮克羅茨納赫的新教教堂裡，舉行了一場樸素而莊重的婚禮。新郎叫馬克

思，新娘叫燕妮。

　　都説每一個成功男人的背後站着一個偉大的女人，馬克思也不例外。尤其是像他這樣一生流亡奔波、窮困潦倒，只為心中的革命事業和崇高理想不屈不撓奮鬥的人，若沒有一個懂他、愛他、理解他、支持他的人在身邊，真的是無法想像。我們現在至少可以欣慰地説，在愛情上，馬克思是幸運的。他與一生的摯愛燕妮相識於年少時，青梅竹馬、情投意合。他們的愛情或許並不驚天動地、刻骨銘心，或許也曾為明天的柴米油鹽發過愁，但 19 世紀的苦難和硝煙都吹不散他們之間的相濡以沫和情比金堅，唯有死亡才真正將他們分開了。都説患難才能見真情，今天，我們生活日漸富足，選擇日漸繁多，卻常常走着走着就散了。粗淺的愛情敵不過富貴榮華，跑不贏似水流年。試問，如果有一個人能在你最貧窮最一無所有的時候不離不棄，那還有甚麼矯情的理由與他／她分道揚鑣？

　　如果用現代愛情專家的標準來評評馬克思，他可能是個追女孩的高手。在一段感情中，你能想到的障礙，比如年齡的差距、異地相處、門不當戶不對、經濟基礎不牢靠，全都被馬克思撞上了。燕妮比馬克思大四歲，所以馬克思談的是「姐弟戀」。燕妮家世顯赫、出身名門，隨着年齡的增長逐漸出落得亭亭玉立、風姿綽約，是特里爾城舞會上公認的「舞后」。這樣一個眾星捧月的「白富美」在當時也稱得上是「大眾情人」，很多名家子弟和帥氣青年排着隊拜倒在她的石榴裙下。馬克思便是那芸芸大眾中的一員，萌動的愛情如同燃燒的火焰，點燃了這位熱血青年的小心臟。當他忐忑不安地向燕妮表露自己的愛

意時，他幾乎不敢相信燕妮爽快接受了自己的愛慕心跡，兩個合拍的年輕人就這樣偷偷地私訂終身了。

實際上，19 世紀的德國社會並沒有那麼開放、那麼通情達理，馬克思和燕妮的愛情也並不被人看好，包括雙方的家人。一方面，可能因為門第的差距，燕妮的哥哥始終認為她應該嫁給一個中尉或是有爵位的貴族；另一方面，家長的看法總歸是更加務實一些，當時的馬克思只有 18 歲，尚在求學階段，一個未立業的男人沒有任何經濟基礎來照料未來的新娘。那時的德國人和我們現在大多數人一樣，認為在找到足以支撐家庭的工作之前，根本不應該考慮結婚的事。除此之外，「姐弟戀」在當時也被認為是可恥的，違背了世人對男性身份標準的固有看法，以及兩性關係的規範。因此，兩人的愛情被雙方家人解讀成了一種少見的、強烈的叛逆行為。後來有個有意思的說法，在所有激進的革命觀念和共產主義理論真正形成之前，卡爾·馬克思就用求婚首次反對了 19 世紀的資產階級社會。

和大部分追求者一樣，馬克思雖然在對待感情上堅定不移，但他也不愚笨，而是採取了一些聰明的套路為最後的成功添磚加瓦，比如燕妮的父親老威斯特華倫男爵就率先被馬克思征服了，對未來的女婿所表現出的才華橫溢讚不絕口，稱馬克思是「一位出色、高尚且傑出的」年輕人。其實，在馬克思拿下岳父大人之前，雖然威斯特華倫對兩個年輕人之間私訂終身的事情並不知情，但他一直對馬克思有種特殊的喜愛。馬克思的父親給馬克思讀伏爾泰和萊辛，男爵則給他讀荷馬史詩和莎士比亞，兩人經常漫步樹林、暢談理想。也正是準岳父大人的

悉心灌輸，才使得青年馬克思早早地對法國空想社會主義者聖西門的著作產生了興趣。馬克思與準岳父之間的感情似乎比父子更高一層，比朋友更親一些。以至於馬克思後來都將自己的博士論文獻給了自己的岳父。

　　燕妮也是一位頗有追求和想法的女子。在她的眼中，馬克思熱愛學習，充滿智慧，是一個可以終身依靠的人。這種視富貴如浮雲、視門第為塵土，以才華、價值和理念為首選的擇偶觀放在現代社會來看，可能會被人嘲笑「很傻很天真」，但正是她堅定的選擇，成就了這段曠世佳緣。後來，我們都知道，正是因為馬克思的努力和燕妮的通達，這對年輕人最終還是突破了社會偏見，牽手成功。但從確立戀愛關係到結婚這一路，他

| 青年時期燕妮的畫像 |

們倆走得也並不順風順水。

馬克思不在特里爾讀大學，因此他與燕妮經歷的是今天愛情寶典裡特別不推薦的選項——異地戀。這是一個非常大的考驗。馬克思讀大學期間，很少回家，與燕妮一年都見不上幾面。這對年輕情人維繫感情的主要手段就是寫信。在那個沒有電腦、沒有手機，發不了微信，上不了微博，也無法 facetime 的年代，這兩個年輕人是憑藉着怎樣的熱情、忠貞和愛，把這種筆友式的感情堅持下來的？如前所述，馬克思剛入大學時，有過一段很「喪」的生活，轉學到柏林後，他像「開掛」了一般轉型為一個超級學霸。但不管怎樣，他對燕妮的情感始終如一地濃烈，並且對燕妮半秘密性質的追求也成功強化了他對浪漫主義和詩歌的興趣，不要以為馬克思是一個非常嚴謹理性的人，就絲毫不懂浪漫。

年輕時候的他內心也無比激昂澎湃，為心愛的人寫了無數充滿愛意、激情洋溢的詩歌，被後人編成兩本《愛之書》、一本《歌之書》保留了下來。這些詩歌燕妮終生保存着，他們的女兒勞拉後來記述說，「父親並不看重那些詩歌；但每當父母談起它們，總是開懷大笑這些年輕時的荒唐行為」。實際上，當你真的走進馬克思的詩歌世界，你會被他磅礴大氣的文字所折服，讀着讀着似乎就能感同身受地體會到他對燕妮那熾熱而真摯的感情。比如，他是這樣寫的：

燕妮——這是兩個多麼奇異的字樣，
它的每個音節都美妙悅耳，

像是金弦琴的清音嘹亮，

宛如神話中善良的仙靈，

彷彿是浮動在春以夜的月影，

到處為我歌唱。

你的名字，我要寫滿千萬冊書中，

而不是只寫幾頁幾行。

讓書中燃燒起知慧的火焰，

讓意志與事業之泉迸湧噴放，

讓現實的一切顯露出它那不朽的容貌，

讓詩的聖壇、宇宙的永恆之光，

天神的歡笑和塵世的悲哀，

全都展現在世界上。

　　讀着這些華麗而有力量的詩句，你是否眼前一亮？這不是我認識的馬克思啊！的確，馬克思的文學造詣很高，這與他驚人的閱讀量有着密切的關係。更難能可貴的是，他寫愛情詩的格局是如此之大，着實讓人驚歎，他經常在詩歌中將愛意與理想、意志與事業、審美與認知融為一體。比如他曾寫了這樣一首愛情詩：

面對着整個奸詐的世界，

我會毫不留情地把戰挑，

讓世界這龐然大物塌倒，

它自身撲滅不了這火苗。

那時我就會像上帝一樣，

在這宇宙的廢墟上漫步；

我的每一句話都是行動，

我是塵世生活的造物主。

　　這些詩歌充滿了箴言，對群星和英勇騎士的歌唱，既有對無限事物的渴望，也有諾瓦利斯式的對死亡的熱愛，展現了超脫而神秘的想像世界，字裡行間除了漫溢的對燕妮的愛之外，還有很多閃爍的思想火光。這些理想主義的詩歌充滿了浪漫主義的反諷寫作風格，雖然馬克思與浪漫主義很快就分道揚鑣了，但他在後期寫作哲學、政治經濟學以及一些論戰作品和新聞稿時也經常會運用諷刺的手法，不得不說，批判可能是馬克思發自內心引以為傲的事業。幾乎在同一時間，馬克思還寫過這樣的詩：

康德和費希特喜歡在太空遨遊，

尋找一個遙遠的未知國度；

而我只求能真正領悟，

在街頭巷尾遇到的日常事物！

　　可見，在尚未全面轉向哲學研究的馬克思，已經對德國古典哲學的觀念論表現出了最直接的反對，儘管這些批判顯得稚嫩，但為未來他轉而走向哲學、走向思辨打下了基礎。其實，馬克思與燕妮的通信習慣一直保留着，直到他們結婚數十載，

依舊不間斷地寫信。

終於，在沉悶的 19 世紀 40 年代，兩個年輕人的愛情，像百花園中的牡丹，盡情盛放，迎來奼紫嫣紅的明天。

馬克思取得博士學位後，終於結束了與燕妮的異地分居狀態，兩人喜結連理。結婚那天，兩家人裡只有燕妮的母親和弟弟埃德加爾在場，作為住在克羅茨納赫的親屬證婚人。他倆結婚的小鎮克羅茨納赫風景宜人、清靜自然，溫泉尤其出名。新婚燕爾的馬克思和燕妮別提有多高興了。兩人在溫泉小鎮和周邊度過了一個難能可貴的短暫蜜月。不過，需要提一提的是，這對新婚夫婦對管理金錢、理性花費的認知是令人吃驚的，兩個人特別合拍地都對金錢觀念十分淡漠，這可能也為兩人將來頻頻爆發的財務危機埋下了伏筆。燕妮的母親曾給了這對年輕人一些錢去度蜜月，這些錢數目不小，但等到他們旅行回來時已身無分文。這筆錢到底是用

TIPS

馬克思對自己的愛情詩的評價

馬克思後來自己對這些愛情詩作過如下評價：它們「是純理想主義的；其原因在於我的情況和我從前的整個發展。我的天國、我的藝術同我的愛情一樣都變成了某種非常遙遠的彼岸的東西。一切現實的東西都模糊了，而一切正在模糊的東西都失去了輪廓。對當代的責難、捉摸不定的模糊的感情、缺乏自然性、全憑空想編造、現有的東西和應有的東西之間完全對立、修辭學上的考慮代替了富於詩意的思想，不過也許還有某種熱烈的感情和對蓬勃朝氣的追求，——這就是我贈給燕妮頭三冊詩的內容的特點」。

來坐了馬車，投宿了旅館，還是被他們慷慨地捐贈給了親朋好友，已經無人真正知曉。

但不管怎麼說，燕妮與馬克思之間除了深厚的情感，確實還有非常一致的精神追求，他們對現實的不滿、對勞苦大眾的同情、對革命堅定不移的信念，都是這段感情綿延不斷的價值基礎。燕妮是馬克思的愛人、妻子、孩子的母親，同時也是他最忠誠的戰友。愛情有沒有保鮮期？甚麼樣的愛情才能讓人擁有一生？現代人可能會說儀式感，把每天都過成情人節，但對馬克思和燕妮來說，答案恐怕並非如此。最好的愛情不是物質上的門當戶對，而是精神上的勢均力敵。在現代社會，很多人會把門當戶對狹隘地理解為財產、社會地位的旗鼓相當，其實最應該是價值觀的一致。

最後，值得一提的是，馬克思在新婚蜜月期間仍然堅持馬不停蹄地學習和創作，真正「從社會舞台退回到書房」。那時候不像現在，既沒有智能手機，也沒有平板電腦，連掃描儀、打印機和打字機都沒有，儲存信息的唯一方式可能就是摘錄了。摘錄、做筆記是馬克思從小到大養成的閱讀習慣，他這一生做了大量的摘錄筆記，相當一部分都被保存了下來。在蜜月小鎮克羅茨納赫有個不錯的圖書館，主要為前來享受溫泉的富人和文化人服務。馬克思也是那裡的常客，他如飢似渴地閱讀着歐洲主要國家以及美國的歷史，還有孟德斯鳩、馬基雅維利和盧梭的作品，筆記做了整整五大本，史稱《克羅茨納赫筆記》。

新婚旅行完畢，馬克思的朋友盧格邀請馬克思夫婦前往巴黎，並邀請馬克思一起出任《德法年鑒》的主編。馬克思對法

國有着深厚的感情，從小就聽父親朗讀盧梭、伏爾泰等法國思想家的作品，而同時馬克思又接受了優秀的德國古典哲學的教育和熏陶，畢竟馬克思在德國生活了 25 年，因此，當盧格邀請馬克思編寫出版同時容納法國和德國的社會思想動態的刊物時，馬克思幾乎毫不猶豫地答應了。未曾想到，這一去，奏響了思想的華彩樂章，馬克思主義從此誕生。

——— TIPS ———
《克羅茨納赫筆記》

《克羅茨納赫筆記》通常被認為是《黑格爾法哲學批判》的「交叉書稿」。從寫作時間上看，兩者有明顯的交叉；從內容思想上看，《克羅茨納赫筆記》雖然更多的是對政治歷史史實的摘抄，但正是大量的閱讀筆記和對歷史材料的分析評價，促發馬克思體會到純理論分析的局限性，並逐漸形成自己的思想。

提問角

馬克思是如何「攻陷」
他的準岳父的？

我們只要看一看馬克思給他的準岳父寫的信就明白了：

　　我敬愛的父親般的朋友，請您原諒我把我所愛慕的您的名字放在一本微不足道的小冊子的開頭。我已完全沒有耐心再等待另一個機會來向您略表我的一點敬愛之意了。

　　我希望一切懷疑觀念的人，都能像我一樣幸運地頌揚一位充滿青春活力的老人。這位老人用真理所固有的熱情和嚴肅性來歡迎時代的每一進步；他深懷著令人堅信不疑的、光明燦爛的理想主義，唯有這種理想主義才知道那能喚起世界上一切心靈的真理；他從不在倒退著的幽靈所投下的陰影前面畏縮，也不被時代上空常見的濃雲迷霧所嚇倒，相反的，他永遠以神一般的精力和剛毅堅定的目光，透過一切風雲變幻，看到那在世人心中燃燒著的九重天。您，我的父親般的朋友，對於我永遠是一個活生生的證據，證明理想主義不是幻想，而是真理。

　　且不說馬克思寫下的這些話在不久的將來是否還被他一如既往地堅信着，但這番熱情洋溢、充滿敬愛和感激的言語卻足以讓岳父大人覺得自己的女婿是個才華橫溢、有思想、充滿抱負的人。當然，馬克思的這招可能一般人還真學不會，一方面得有這樣通情達理、學富五車的岳父；另一方面還得自備乾糧，肚子裡要有濃墨。

第七章

穿越時空話手稿 1844年 哲學革命

哲 人 說

工人生產的財富越多，他的生產的影響和規模越大，他就越貧窮。工人創造的商品越多，他就越變成廉價的商品。物的世界的增值同人的世界的貶值成正比。

——馬克思《1844 年經濟哲學手稿》

1844 年 8 月底，在巴黎塞納河邊雷讓斯咖啡館裡，兩個年輕人大聲地聊着甚麼，他們的眼睛裡閃爍着興奮的光彩，誇張地揮舞着手臂來表達自己的觀點。很顯然，他們的思想驚人地一致，經常一個人剛說到一半，另一個人就接着把下半句話說完，這種共鳴讓他們彼此都很激動，彷彿尋遍天下，終於找

年輕時期弗里德里希·恩
格斯的畫像

到了與自己勢均力敵的朋友。

這兩個年輕人，一個是馬克思，26 歲；一個是恩格斯，24 歲。

這並不是兩人第一次見面，但卻是第一次促膝長談。早在馬克思還是《萊茵報》編輯的時候，他實際上已經同他之前參加過的一些社會活動團體——諸如青年黑格爾派、「博士俱樂部」、柏林「自由人」等——決裂了，這裡甚至包括他的導師鮑威爾，因為「道不同不相為謀」，「吾愛吾師，吾更愛真理」。所以當恩格斯前往《萊茵報》編輯部，有人向馬克思介紹恩格斯說，這位是柏林「自由人」的成員的時候，馬克思不置可否，兩人一面之交後，就各自離開了。

　　不久以後，恩格斯結束了在柏林炮兵部隊的服役生涯，按照父親的安排，前往英國歐門一恩格斯紡織工廠見習。從這家公司的名字就可以知道，恩格斯的父親是兩位合夥創始人之一。由此可見，如果説馬克思的家庭還算是中產階級的話，那麼恩格斯則出身於一個不折不扣的資產階級家庭。但是，恩格斯並非等閒之輩，他不是高高在上的公子哥，而是在紡織工廠裡與工人「同吃同住同勞動」的普通勞動者，因此對於英國無產階級的悲慘生活狀況，恩格斯有着切身體會。從這時開始，恩格斯也意識到青年黑格爾派、柏林「自由人」這些學術團體不過是玩弄一些故作高深的詞句，而對真正的社會現實狀況一無所知，因此恩格斯也同這些團體劃清了界限。

　　恩格斯把他在英國的所見所想寫成了兩篇文章，一篇是《政治經濟學批判大綱》，另一篇是《英國工人階級狀況》。恩格斯有兩項重要發現：第一，英國工人遭受苦難的根源，正是英國上流社會引以為豪的資本主義制度；第二，要消滅這種制度，必須依靠無產階級的力量。這一重要成果，往哪裡投稿比較好呢？恩格斯對馬克思和盧格主編的《德法年鑒》非常感興趣。當馬克思收到恩格斯的來稿時，立刻意識到他的天才和與眾不同，特別是有許多觀點不謀而合，簡直是「英雄所見略同」，於是當即決定錄用恩格斯的這兩篇文章，連同馬克思自己的兩篇文章《〈黑格爾法哲學批判〉導言》《論猶太人問題》一起，把這四篇文章刊登在《德法年鑒》創刊號上。他還向恩格斯發出邀請，請他到巴黎家中一坐。這樣，恩格斯在取道法國回國的途中，就出現了我們開頭講到的那一幕。

　　兩個年輕人一見如故，當即決定為了共同的理想和志向，合作幹一番大事業，而最好的辦法就是一起寫書。兩人合作的第一本書叫《神聖家族》，批判德國知識界的宗教主義傾向，兩人你寫一段我接着寫一段，寫完之後一經出版，便使德國知識界大受震動。恩格斯在馬克思家裡一住就是十來天，後來他給馬克思寫信說，英國工人階級的生存狀況之差，簡直不像是人，而「我還從來沒有一次像在你家裡度過的十天那樣感到心情愉快，感到自己真正是人」。

　　與此同時，馬克思埋頭於不為人知的艱苦寫作之中，寫作的內容除了馬克思本人之外，幾乎沒有第二個人知道，連恩格斯也毫不知情。馬克思的個性就是如此，他認為真正的研究只能是寫給自己看，無需旁人知道。馬克思這一時期寫下的厚厚的手稿，八十多年後與其他手稿一起被運到了蘇聯，直到蘇聯馬克思恩格斯列寧研究院着手準備整理和翻譯這些手稿時，他們才意識到這些手稿的重要性，而這麼多年來人們竟一直不知道它們的存在！這些手稿沒有題目，編排也比較隨意和雜亂，蘇聯人找來了當時最出色的情報解密專家來進行翻譯，並推測這些就是馬克思 1844 年在巴黎所寫下的手稿，由於內容涉及經濟學和哲學，因此以《1844 年經濟學哲學手稿》來為它命名。

　　翻譯過程極其困難，原因有三：一是馬克思字跡潦草凌亂，並且紙上經常留有打翻的咖啡或者煙頭燒焦的痕跡；二是手稿本身殘破不全，缺失嚴重，上下文也不連貫；三是大量哲學術語的堆積使得詞句極其拗口。克服種種困難之後，這部手稿終於在 1932 年穿越時空，重見天日，震動了當時的全球哲

學界。許多思想家聲稱在看過馬克思這部手稿之後，從根本上轉變了對馬克思的研究態度和方向。從馬克思寫作這部手稿到它重見天日，中間經歷了八十八年；而從它重見天日到今天，又經歷了八十六年。時至今日，它仍是馬克思文獻中被引用最多、同時又是最難懂的文本之一。這部手稿標誌着馬克思思想發展過程中的一次巨大的綜合和艱難的創造，它的寫成是新世界觀萌芽前的最後一個具有決定意義的步驟。這部著作的重要性，並不在於它已經達到某種結論，而在於，各種必要的思想材料開始匯集、綜合，日益成長為某些新的思想，並且得到了儘管還不完備、但卻較為系統的創造性發揮。

儘管手稿內容比較雜亂，但馬克思的思路卻異常清晰：現實社會中存在的普遍問題是異化勞動問題，它的解決方案是實踐，它的根本出路是人類解放和共產主義。按照列寧的說法，馬克思主義有三大組成部分：馬克思主義政治經濟學、馬克思主義哲學和科學社會主義；而在這部手稿中，三個部分第一次全部出現，並且作為一個有機的整體統合在一起。這部手稿被後人稱為「馬克思學說真正的誕生地和秘密」，如果沒有這部手稿，馬克思的兩大發現——唯物史觀和剩餘價值學說——都不可能完成。由於這部手稿太難理解，即便是哲學專業的研究生也很難讀懂，為了便於大家理解，這裡只講其中一個相對容易理解的知識點，就是「異化」概念。

最簡單來說，「異化」就是我創造出來的東西，反過來敵視我、壓榨我、奴役我的過程。馬克思用「異化」概念研究勞動問題。他說，古典政治經濟學家認為人的本質就是勞動，勞

動創造財富，勞動越多財富越多，勞動所得和勞動報酬就越多。看上去邏輯似乎沒有甚麼問題。但是馬克思卻認為奇哉怪也，如果勞動是人的本質的話，人應該熱愛勞動才對，但是現實狀況卻恰恰相反：人在勞動時感到不舒暢，不勞動時才感到舒暢；人在勞動時感到自己不像是個人，不勞動時才感到自己還像是個人。想想電影《摩登時代》裡卓別林在流水線上的皮帶旁工作的場景吧，他吃盡了苦頭，出盡了洋相，觀眾們會覺得如果他不是一個人，而是一台機器，那該多好！既不會累，又不會餓，最多吃一點油，就可以工作了。因此，這樣的勞動根本無法體現人的本質，它是「異化勞動」。馬克思認為，古典政治經濟學犯了一個原則性的錯誤，那就是把「異化勞動」當成了勞動本身，把有待證明的命題本身當成了不言自明的結論。真正的自由自覺的勞動只有在共產主義社會才能實現，而要想建立共產主義社會，

TIPS

異化概念的演變

異化概念以及異化勞動，是這篇手稿的重要內容。但是，異化作為一個哲學概念，在西方歷史上有着深遠的歷史。異化的德文詞 Entfremdung 是英文詞 Alienation 的翻譯，而英文詞來源於拉丁文 Alienatio，是一個神學概念，即人在禱告時精神脫離肉身，具有神性；同時，道成肉身時，精神具有人性；它們都被稱為「異化」。

這一思想在近現代西方社會中得以進一步發展，比如荷蘭法學家格勞修斯的異化是説明權利轉讓的人。盧梭進一步深化了異化思想，在《愛彌兒》中指出：背離自然使人墮落，文明使人腐敗，人變成了自己製造物的奴隸。這樣，在人與自然、人與社會關係中，人及其對象物之間的異化成為一種現代文明無法迴避的問題。在德國古典哲學中，對異化思想發展達到了登峰造極的地步，首先是黑格爾的異化思想，最為著名的是主奴辯證法，然後是費爾巴哈的人本學異化，最後就是馬克思的勞動異化學説。

唯一的道路就是「實踐」，打破現有的不合理的狀態，也就是「革命」。

　　因此，馬克思認為，對於資本家而言，是不是要把工人階級當「人」看，無關緊要，這取決於他們自己是否還有慈善心或同情心。問題的關鍵是，在資本主義生產方式下，工人階級的生存條件都下降到了「物」的層面，甚至他們還不如那些擺在街頭精緻的櫥窗裡的奢侈品，這些名牌商品的「居住環境」遠比工人階級乾淨、漂亮、有品位。所以在馬克思看來，資本主義最虛偽的地方就是他們所宣揚的「人道主義」，只是抽象的人或者少部分特定的人，對於大多數人甚至全人類來說，資本主義充其量只能體現「物道」主義而不是「人道主義」。所謂「物道」，無非就是體現資本自身的增殖本性，以及由此而來的消費主義、拜金主義價值觀。對於我們每一個人而言，如果可以從外在的物質慾望中超脫出來，我們也就一定程度上擺脫了人的異化狀態。

　　而人類社會能不能徹底擺脫異化呢？馬克思說：可以！正是通過共產主義社會實現人的解放，克服異化勞動，實現人的自由而全面的發展。這對於一個年齡只有 26 歲的青年而言，無疑是一個天才般的對人類歷史發展的洞見。於是，萬事俱備，距離馬克思主義新世界觀的橫空出世，只有一步之遙了。

甚麼是「異化勞動」？

　　異化勞動是馬克思的重大發現，在《手稿》中也正是通過異化勞動把三個筆記本內容貫穿起來，因此異化勞動是手稿的紐帶。在《手稿》中異化勞動的最為重要的描述表現為四重規定性：

　　一是勞動者同他的勞動產品的異化。馬克思認為，勞動是人的本質力量，其產品應是人的本質力量的體現。但在資本主義條件下，勞動產品卻同勞動者相對立：工人生產的財富越多，他就越貧窮，勞動產品作為一種異己的力量同勞動相對立。勞動的實現使工人失去現實性，勞動產品反過來成了統治工人的力量。工人生產的對象越多，他能夠佔有的對象就越少，而且越受他的產品即資本的統治。也就是說，「工人對自己的勞動的產品的關係就是對一個異己的對象的關係」。

　　二是勞動者同他的勞動活動的異化。馬克思認為，異化不僅表現在勞動結果上，而且表現在生產行為中。對勞動者來說，由於勞動產品的異化，生產本身就是一種異化的活動。這種異化表現在：勞動從人的內在需要變成了外在的、不屬於他的本質的東西，工人「在自己的勞動中不

是肯定自己，而是否定自己，不是感到幸福，而是感到不幸，不是自由地發揮自己的體力和智力，而是使自己的肉體受折磨、精神遭摧殘」。勞動不是人的需要，而是一種手段；不是自願的，而是被迫的；勞動不屬於勞動者自己，而是屬於別人。這種異化的結果，就是工人喪失了自己的人性。

三是勞動者同他的類本質的異化。馬克思借用費爾巴哈的術語並加以改造，認為人是「類存在物」，人的本質是一種社會關係，並指出，人的實踐根本上不同於動物的本能活動，在資本主義的條件下，由於勞動異化，人的自我活動、自由活動的類本質就被貶低為手段（這裡指人作為類存在物即有意識存在物可以支配自己的活動，現在反過來把活動僅變成維持生存的手段）。

四是勞動中人與人的關係的異化。馬克思認為，這個跟勞動格格不入的、統治工人的異己力量，就是資本家階級。這裡，馬克思已認識到，生產中的物質關係實質上是人與人的關係，異化勞動的實質是資產階級對工人階級的剝削。列寧曾說：「凡是在資產階級經濟學家看到物與物之間的關係的地方，馬克思都揭示了人與人之間的關係。」

當代世界如何實現人的
異化的積極揚棄？

　　這是一個指向人的未來命運的哲學終極問題。因而，從哲學一般意義而言，異化是對人的本質的喪失，通過對異化的積極揚棄，就能夠重新回歸和對人的本質的佔有。這種作為哲學的理性邏輯的分析也是沒有問題的。正如我們可以像康德一樣追問「我做了應當做的事情之後，我會有好報嗎」，梁漱溟先生晚年也問「這個世界還會好嗎」——我們就會發現，這些問題不放在歷史語境中作具體分析，其實很容易走向極端。

　　在當代語境中，對於異化問題，仍然主要是勞動與資本之間關係的顛倒，勞動被金錢化、物質化，簡單的作為財富而不是人的自我本質的存在，從而背離了人的本質與全面發展。對人自身價值的尊重，最直接、最感性的維度就是勞動；人與人之間的價值承認以及人與社會之間的價值共識，勞動價值是出發點。當然，如果回到中國語境中，可能更為複雜，因為當時馬克思是在批判盧梭的「文明異化觀」、黑格爾「精神異化觀」以及費爾巴哈的「人神異化觀」基礎之上，才提出勞動異化的，而我們的異化揚棄的狀況就更為複雜，可能

還要分析「前馬克思」的異化問題。但不管問題多複雜，正如馬克思在《德意志意識形態》中所指出的，不同於從天國降到人間，我們的道路是從人間升到天國。因而，異化問題的一個個解決就離共產主義、人的自由解放更近了一步。

第八章

搵起袖子加油幹 1845年 新世界觀

哲 人 說

人的思維是否具有客觀的真理性,這不是一個理論的問題,而是一個實踐的問題。 人應該在實踐中證明自己思維的真理性,即自己思維的現實性和力量,自己思維的此岸性。 關於思維 —— 離開實踐的思維 —— 的現實性或非現實性的爭論,是一個純粹經院哲學的問題。

全部社會生活在本質上是實踐的。 凡是把理論引向神秘主義的神秘東西, 都能在人的實踐中以及對這個實踐的理解中得到合理的解決。

—— 馬克思:《關於費爾巴哈的提綱》

　　1845 年，馬克思全家離開巴黎，移居比利時布魯塞爾，並在這裡住了三年。這段時光裡，馬克思享受到了愛人在身邊、最好的朋友就住在隔壁的日子——沒錯，當時恩格斯也在布魯塞爾，住處緊挨着馬克思一家。並且由於積累了不少來自書商和報社的稿費，生活條件不至於太壞。這段時光裡，馬克思和燕妮生了一男兩女三個可愛的娃娃，這給家裡帶來了許多快樂的氣氛。

　　27 歲的馬克思，是哲學思考、思想創造最為旺盛的年齡。他頻繁出入比利時國家圖書館，大量閱讀、思考和寫作。同時，馬克思與恩格斯幾乎天天晚上在一起交談，經常發出朗朗的笑聲和激烈的爭辯聲。這一年，他們合作了第二本書——《德意志意識形態》。《德意志意識形態》寫於 1845 年秋至 1846 年 5 月，馬克思在《〈政治經濟學批判〉序言》中概括了這一著作的寫作與出版情況：「我們決定共同闡明我們的見解與德國哲學的意識形態的見解的對立，實際上是把我們從前的哲學信仰清算一下。這個心願是以批判黑格爾以後的哲學的形式來實現的。兩厚冊八開本的原稿早已送到威斯特伐利亞的出版所，後來我們才接到通知說，由於情況改變，不能付印。既然我們已經達到了我們的主要目的——自己弄清問題，我們就情願讓原稿留給老鼠的牙齒去批判了。」從中可以看出，馬克思、恩格斯要通過清算與批判來闡釋他們業已形成的新世界觀，這本書未能及時問世，也沒能真正完成，連全書的主標題也是後來添加上的。雖然形式上有諸多的不盡如人意，但是這本書的內容堪稱經典，它第一次闡述了歷史唯物主義新世界觀。這部著作

《德意志意識形態》手稿

的問世，標誌着天才的新世界觀——歷史唯物主義的真正問世。

馬克思的新世界觀「新」在哪裡呢？讓我們首先從他的一句名言談起：

「哲學家們只是用不同的方式解釋世界，問題在於改變世界。」

我們知道，所謂世界觀，無非是某種理解世界的哲學思想，而經典意義上的哲學——philosophy，是發源於西方的，確切來說，產生於古希臘文明。當然，五千年的中華文明同樣富有高超的智慧，但是中國古代並沒有 philosophy 意義上的哲學。

自古深情留不住，從來套路得人心。那麼，西方哲學的基本套路是甚麼呢？這一切還要從古希臘文明談起。

我們知道，古希臘文明發源於愛琴海沿岸和星羅棋佈的島嶼上。這裡物產貧乏，寒暑分明，自然條件並不理想。生活在這裡的人們，需要乘船往返西亞和北非地區，通過貿易往來換取日常生活的必需品。當船隊駛向大海的時候，生命就像海面上的葉子，隨時會感受到大海的波濤洶湧和去來無定，暴風雨

古希臘文明與古希臘哲學

古希臘是西方文明的最重要和直接的來源，它持續了約 650 年。古希臘緊鄰地中海和愛琴海，又被稱為海洋文明。古希臘由眾多城邦構成，其哲學主要體現為古希臘哲人對世界和生活的思考與總結，前蘇格拉底時期的哲學家集中探討了世界的問題，世界由甚麼構成，它來自哪裡，這裡主要體現出了對自然的好奇與思索。蘇格拉底使對自然的研究轉向對人的研究，他的「精神助產術」成為重要的哲學方法論。柏拉圖和亞里士多德在蘇格拉底的影響下建立了龐大的哲學體系，奠定了西方哲學的基調與底色。

到來時，隨時面臨着死亡的威脅；而在風平浪靜的夜裡，又可以看到滿天的星斗。因此，希臘人遇到的第一個問題是：既然生命周圍都是劇烈無常的變化，那麼，甚麼東西才是永恆不變的？

不要小看這個問題，它並不容易回答。因為嚴格說來，世界上的所有東西在時間的考驗中都會發生一定的變化，而只有一種東西可以不變，那就是思想。我們看到聽到摸到的所有東西，都會變，而思想不會。

那麼，甚麼樣的思想才是永恆不變的呢？古希臘人有一種特別的提問技巧。

比如我手邊有一個茶杯蓋，我說這個茶杯蓋是圓的。古希臘人會問我：它圓嗎？

我一看沒問題啊，挺圓的。

古希臘人會繼續問我：你再仔細看看，它到底圓不圓呢？

我把茶杯蓋拿在手裡反覆看，確實不算是一個完美的圓，它在這

105

裡或那裡，還有小小的瑕疵。

於是我拿出了圓規，在紙上畫了一個圓，問古希臘人：這總算圓了吧？

古希臘人盯着我，好像能看穿我的靈魂。他還是那個老問題：它圓嗎？

我翻來覆去地看，也不是嚴格意義上的圓：紙上消耗了鉛筆的一些石墨粉，它像一個救生圈一樣，是一個圈形「體」，而不是二維世界裡的圓。

於是我泄氣地説：我放棄。三維世界裡沒有你要的完美的圓。

古希臘人説：沒錯。所以真正的完美的圓，只在我們的腦海裡，現實世界裡沒有這樣的圓。

我反問道：可你如何證明我腦中的圓和你腦中的圓是同一種圓呢？

古希臘人説：人是無法證明的。之所以咱們對圓的理解是一樣的，那是因為我們都有關於圓的「理念」，而「理念」是神的造物。我們生活世界中的所有圓形物體，都是這種圓的理念的「摹仿」。既然是「摹仿」，就總歸是不完美的、有缺陷的。但圓的理念是沒有缺陷的。

這樣一來，古希臘人就形成了他們的世界觀：他們把世界一分為二：一半是事物，一半是思想，而事物是思想的摹仿，因而思想是第一性的。由此出發，古希臘人區分了理性世界和感性世界、本質世界和現象世界、彼岸世界和此岸世界、上帝世界和塵世世界，如此等等。西方哲學從古希臘到馬克思，中

間經歷了兩千多年。甚至這種刨根問底的提問方法本身，都是古希臘人創造的，確切來說起源於蘇格拉底，他把這種提問方法稱作「精神助產術」。

在兩千多年的時間裡，西方哲學也經歷了不同階段的發展。在中世紀神學領域，僧侶們討論的是「一個針尖上到底能站幾個天使」的問題；到了近代，哲學家們討論的是「人的理性究竟怎樣認識世界」。不管思想的主體是神還是人，重要的是思想是第一位的。Philosophy，古希臘語的意思就是「愛智慧」，它的含義歷經千年而沒有改變。所以，哲學的主流一直是「唯心主義」。

到了 18 世紀，西方哲學進入了鼎盛時代，也就是「德國古典哲學」時期，代表人物是康德、費希特、謝林和黑格爾。特別是黑格爾的哲學集西方哲學之大成，他把過去幾千年哲學思考的所有方向和所有可能性，都用辯證法包含在內了。但是，仍然有一個最重要的問題沒有解決：我們能不能用思想去證明事物存在的客觀性？我看到一個茶杯蓋，並且放在手裡感覺到了它，它就真實存在嗎？怎樣保證它不是我做的夢、不是我幻想出來的東西？這個問題難倒了無數哲學家，康德甚至把這種難題稱作「人類理性的恥辱」。饒是如此，哲學家們仍然一而再再而三地進行這種嘗試，孜孜不倦地去證明。

這個時候，馬克思平地一聲驚雷：「哲學家先生們，你們全都錯了！問題根本不是解釋世界，問題在於改變世界！」就算我真的解決了用思維證明存在的難題，世界就能和平嗎？人類就能解放嗎？

顯然不能。

在 18 世紀至 19 世紀，德國人簡直把苦思冥想發揮到了極致，換來的結果卻是連隔壁法國的社會發展都超過了自己。在當時的歐洲，法國和德國之間存在着比較大的差別：德國在思想和哲學上高於法國，而法國在社會發展、文明程度上高於德國。兩國人對待同一件事的習慣也很不同，舉例來説，如果讓一個法國人和一個德國人去實現「自由」，這個法國人會拿起武器，走上街頭，甚至會攻佔巴士底獄來實現自由；而德國人卻戴着睡帽在書房裡安靜地沉思，僅僅是在腦海中翻湧着顛覆世界的自由思想。馬克思認為，對於德國來説，不是想得太少，而是想得太多：有太多從事批判工作的思想派別，彼此之間互相寫文吵架，但只是流於詞語和表達形式上的爭辯；真正要緊的是關注社會實際的發展變化，並展開切實有效的行動。

所以，在《德意志意識形態》裡，馬克思用實踐的原則代替了思辨的原則，而「實踐」就是歷史唯物主義的真正基石與活的靈魂。馬克思關注人，但不是像以往哲學家那樣關注人的理性，而是關注人的現實生活，關注人的勞動生產。因此，馬克思不屑於與「哲學家」為伍，他強調「歷史唯物主義的第一個前提是現實的人」，而人的活動首先是人為了生存的吃穿住行和生產活動，所以討論人的問題，只有討論人的活動的歷史和人類社會的生產歷史，才是真正有效的。這就是我們常説的歷史唯物主義的新世界觀。

既然這樣，那麼歷史唯物主義世界觀和一般唯物主義（或者説舊唯物主義）之間的區別在哪裡？讓我們再看一句馬克思

的名言：

「舊唯物主義的立腳點是市民社會，新唯物主義的立腳點則是人類社會或社會的人類。」

這句話非常重要，但是很不好懂。讓我們慢慢道來。

所謂市民社會，就是指資本主義社會，「市民」不同於「公民」，它的本性是自私自利、唯利是圖，因此馬克思這裡的意思是說，舊唯物主義，是為資本主義社會服務的工具。而新唯物主義就是指歷史唯物主義，它是為「人類社會」，也就是實現人類解放的共產主義社會而服務的。

為甚麼這麼說呢？我們仍然要從世界觀這個話題談起。

唯物主義，顧名思義，就是世界的本源是物質。比如當我們看到手邊的茶杯，我們會認為茶杯這個東西是真實可靠的，而不是說，我只是在腦海中想像到了一個茶杯，這個茶杯真實存在與否我卻不知道。

那麼，一個唯物主義者會如何描述這個茶杯呢？

他會說，這個茶杯有甚麼樣的外形，顏色如何，材質如何等，諸如此類。

但是大家會發現，當這樣描述的時候，他總遵循着一定的「套路」，也就是說，他使用了形狀、顏色、質料等一系列的「範疇」，而「範疇」我們知道，一定是一種思維模型。因此，唯物主義者描繪的是物質的「物性」，而這種描繪方法卻是唯心主義的。最典型的莫過於費爾巴哈，恩格斯稱他「下半截是唯物主義者，上半截是唯心主義者」。

既然馬克思是一位歷史唯物主義者，那麼馬克思怎麼來描

繪這個茶杯呢？

馬克思説，這個茶杯「不是開天闢地以來就直接存在的、始終如一的東西，而是工業和社會狀況的產物，是歷史的產物，是世世代代活動的結果」。它一定要被當作勞動產品來看待。生活在原始社會的人即便看到這個茶杯，他也不會理解它的用途，也許他看到裡面的水，仍然會雙手捧水喝，而不是把茶杯拎起來。同樣地，一個古埃及人即便看到腳下冒出石油，他也熟視無睹，因為石油只有在現代工業和現代經濟中才被看作是寶貴的財富。

因此，馬克思認為，舊唯物主義者在思想上是不徹底的，在歷史唯物主義者看到改造工業和社會結構的必要性和條件的地方，舊唯物主義者卻重新陷入唯心主義。舊唯物主義者沒有能力、也沒有興趣去思考事物的社會性和歷史性，因而他們的哲學思想不是關於「現實」的思想，而不過是意識形態的「臣僕」。而歷史唯物主義者卻能夠看到改造社會的使命和任務，因此，歷史唯物主義是超越資本主義、走向共產主義社會的學説，馬克思又把歷史唯物主義叫作「實踐的唯物主義」或「共產主義的唯物主義」。

那麼，共產主義究竟是甚麼呢？是遙不可及的夢想？是像法國空想社會主義者們所認為的那樣，出於對現實的不滿而構造的理想社會環境？馬克思説：「都不是！」

共產主義對我們來説不是應當確立的狀況，不是現實應當與之相適應的理想。我們所稱為共產主義的是那種消

滅現存狀況的現實的運動。這個運動的條件是由現有的前提產生的。

馬克思告誡我們說，千萬不能脫離當前的社會條件去空談甚麼共產主義「理想國」，如果你看到當前社會的貧富差距較大，出於「仇富」心態要求共產主義社會「實現財產的絕對平均分配」，或者每天夢想共產主義社會如何如何，這就大錯特錯了。坐而論道不如起而行之，如果你看到路邊有位老人摔倒了，先扶起來，進而或許從這位失獨老人身上看到社會保障上還有這樣那樣的問題，呼籲積極的社會改造。如果失獨老人的現存狀況被你的改造社會的活動消滅了，那麼你就是一位「共產主義者」。

所以，共產主義信仰不是宗教信仰——宗教信仰是一種脫離了社會現實的「孤芳自賞」，而共產主義信仰首先是科學信仰，並在社會主義運動中表現為政治信仰。政治信仰緣於立場堅定，科學信仰緣於求真務實，因此，馬克思主義理論應當是政治信仰和科學信仰的統一。之所以當代中國共產黨員不能有宗教信仰，是因為馬克思主義理想信仰是比宗教信仰高得多、難得多的信仰——真正的馬克思主義者從不迴避現實問題，從不祈求神靈保佑，而總是積極地發現問題、研究問題、解決問題，用實踐和歷史唯物主義訴諸積極的社會改造活動。習近平總書記強調黨員領導幹部作為真正的馬克思主義者，應當原原本本學習和研讀馬克思主義經典著作，努力把馬克思主義哲學作為自己的看家本領，原因就在於此。

中國不同於西方，在歷史文化傳統中沒有一千多年救贖宗教的教化，中國人骨子裡不相信上帝這種「救世主」，因為中國人相信「人定勝天」。從「精衛填海」到「誇父逐日」，從「神農嚐百草」到「大禹治水」，不管外在條件多麼嚴苛，中國人堅信掌握命運的鑰匙就在自己身上。風雨越是暴烈，勤勞勇敢的精神之花就開得越是嬌豔。中國人相信，「實踐出真知」，這與馬克思主義新世界觀幾乎不謀而合。因此，習近平總書記指出「空談誤國，實幹興邦」，並號召年輕人「擼起袖子加油幹」的時候，既是中華優秀傳統文化的當代表現，也同樣高度體現了馬克思主義的實踐思想。馬克思主義的「新世界觀」，真的可以在中國建立一個「新的世界」。

甚麼是「精神助產術」？

「精神助產術」是由古希臘哲學家蘇格拉底開創的方法論，旨在啟發人們進行反思，自己尋找事物的本質。具體而言，就是要通過比喻、啟發等方式，用問答的形式，使問題由淺入深，直到最終獲得真理。這種方法後來被視為重要的啟發式教育。

舉個例子：

一天，蘇格拉底像往常一樣，赤腳敞衫，來到市場上。突然，他一把拉住一個過路人說道：「我有一個問題弄不明白，向您請教。人人都說要做一個有道德的人，但道德究竟是甚麼？」

那人回答：「忠誠老實，不欺騙人。這就是公認的道德行為。」

蘇格拉底問：「你說道德就是不能欺騙別人，但和敵人交戰的時候，我軍將領卻千方百計地去欺騙敵人，這能說不道德嗎？」

那人說：「欺騙敵人是符合道德的，但欺騙自己人就不道德了。」

蘇格拉底問道：「和敵人作戰時，我軍被包圍了，處境困難，為了鼓舞士氣，將領就欺騙士兵說，我們

的援軍到了，大家奮力突圍出去。結果成功了。這種欺騙能說是不道德嗎？」

那人回答說：「那是戰爭中無奈才這樣做的，我們日常生活中就不能這樣。」

「我們常常會遇到這樣的問題，」蘇格拉底停頓了一下問道：「兒子生病了，卻又不肯吃藥，父親騙兒子說，這不是藥，而是一種好吃的東西。請問這也不道德嗎？」

那人只好承認：「這種欺騙是符合道德的。」

蘇格拉底又問：「不騙人是道德的，騙人也可以說是道德的。那就是說道德不能用騙不騙人來說明。究竟用甚麼來說明呢？還是請你告訴我吧！」

那人被弄得無可奈何，只好說：「不知道道德就不能做到道德，知道了道德就是道德。」

蘇格拉底聽了十分高興，拉住那人的手說：「您真是一位偉大的哲學家，您告訴了我道德就是關於道德的知識，使我弄明白了一個長期困惑的問題，我衷心地感謝您！」

中國人為甚麼能夠接受馬克思主義世界觀？

對於中國人來說，之所以能夠順利接受馬克思的歷史唯物主義思想，除了特定的歷史環境和時代條件之外，很大程度上是因為中國傳統文化本身就不同於西方哲學和西方文化，並且天然與馬克思主義相聯結。按照中國人的說法：「形而上者謂之道，形而下者謂之器。」既然西方哲學是討論「器」之上的「道」，因此西方哲學又叫「形而上學」，西方文明和哲學思想發展出了「形而上」與「形而下」之間的對立。對於中國人來說，也知道有這種區分，但並不會把這兩者嚴格對立起來，因為「道器不分，體用不二」，大道不離人倫日用。按照德國思想家萊布尼茨的看法，中華文明是世界上最講實踐和實用理性的文明，小到家庭教育，大到治理國家，沒有哪個文明比中華文明更擅長了。萊布尼茨在科學上非常有成就，他創立了微積分學說，但是在談到中國時，他仍然崇拜得五體投地。正是由於中國人講實幹、重現實，與馬克思主義的精髓是內在一致的，因此馬克思主義中國化的歷史進程，總體來說也是非常順暢的。

第九章

曠世宣言驚風雨

1848年

不朽宣言

一個幽靈，共產主義的幽靈，在歐洲遊蕩。為了對這個幽靈進行神聖的圍剿，舊歐洲的一切勢力，教皇和沙皇、梅特涅和基佐、法國的激進派和德國的警察，都聯合起來了。

——馬克思、恩格斯：《共產黨宣言》

1848 年 2 月，整個歐洲被一本只有區區一萬多字的小冊子震動了，從南歐的西西里島到西歐的法國，加上中歐的德意志、瑞士，東歐的奧地利、匈牙利，北歐的丹麥，全部捲入了革命鬥爭的火焰之中。這本小冊子的問世，無異於一聲驚雷，使革命的火焰燒得更旺了。170 年來，這本小冊子被翻譯成了兩百多種文字、出版了數千個版本，在世界各地傳頌。它就是《共產黨宣言》。它的發表，具有劃時代的意義。

1848 年《共產黨宣言》德
文第 1 版封面

《共產黨宣言》是時代聲音的呼喚。19 世紀的大幕拉開，當拿破崙戰敗於滑鐵盧時，歐洲持續了一百多年的內戰宣告結束，開啟了全面的對外殖民時代——看起來，那是一個資本主義社會快速發展的時期，機器在轟鳴，大地在顫抖，人們在他們創造出來的成果面前目瞪口呆。但是，表面上的欣欣向榮，掩蓋不住資本主義內部的暗流，阻擋不了工人階級的反抗運動。

19 世紀三四十年代無產階級所開展的獨立的政治運動以法國里昂工人起義，英國憲章運動，德國西里西亞紡織工人起義為代表，歐洲三大工人運動表明無產階級作為獨立的政治力量登上了歷史舞台。

1831 年和 1834 年，法國里昂工人發起了兩次反對資本主義剝削的武裝起義。當時里昂是絲織業中心，在工廠主和商人的剝削下，絲織工人的生活極為艱苦，他們呼籲提高工價，舉行集會、請願、遊行示威，並與軍警發生衝突，後來轉為自發的武裝起義。1831 年，他們提出了「不能勞動而生，毋寧戰鬥而死」的口號，經過三天的戰鬥，他們佔領了里昂城，但起義最後被七月王朝政府鎮壓。1834 年，里昂工人再度爆發起義，直接原因是政府逮捕和審判了罷工領袖，發佈禁止工人結社集會的法令，這次工人們不僅提出了經濟要求，還提出了政治要求，要求廢除君主制，建立共和政體。他們稱：「我們為之奮鬥的事業是全人類的事業。」經過六天的激戰，工人們被政府軍鎮壓。但這次起義在巴黎和法國各地引起強烈反響，推動了工人運動的發展。

1842 年，英國倫敦，工人們來到國會下院，遞交了全國憲

章派的請願書，請願書上寫道：「尊敬的貴院就它現在的組成來說，既不是由人民選出來的，也不是由人民做主的。它只為少數人的利益服務，而對多數人的貧困、苦難和願望置之不理。」這份請願書有三百萬人簽名，他們要求把《人民憲章》定為法律。列寧評價英國憲章運動是「世界上第一次廣泛的、真正群眾性的、政治性的無產階級革命運動」。

德國西里西亞有着發達的紡織業，紡織工人和手工業者受到工廠主、商人以及地主的殘酷剝削，來自英國的機器紡織品更加重了他們的貧困。1844 年 6 月 4 日以爭取提高工資被拒絕為導火線，西里西亞爆發了紡織工人起義，起義集中打擊工廠主，他們以簡陋的武器與政府軍進行抵抗，6 日起義被鎮壓。

一場場運動，一次次訴求，無產階級不斷發出自己的聲音。三次工人運動的失敗有着深刻的教訓，工人運動還缺乏科學的革命理論的指導，他們迫切需要新的理論、新的同盟、新的綱領。

早在 1836 年，德國流亡手工業工人在巴黎組成正義者同盟。它是流亡於法國、瑞士的秘密社會組織，試圖通過密謀起義，建立理想社會。1840 年後同盟轉移到倫敦活動，是「半宣傳、半密謀的團體」。該組織沒有科學理論指導，天真地幻想通過勸説資本家把權力和財產捐獻出來，分配給窮人，主張運用秘密手段，通過少數人的起義實現空想的平均的共產主義。經過多年曲折的鬥爭，正義者同盟領導人從一次次失敗和挫折中深刻認識到，繼續堅持空想的共產主義觀點和宗派性、密謀性鬥爭方式在理論上是錯誤的，在實踐上是有害的，必須擺脱

舊的鬥爭方式，只有馬克思和恩格斯創立的科學理論才能引導工人階級獲得解放。

1847 年 1 月，馬克思的家裡來了一位特殊的客人，他叫約瑟夫・莫爾，是正義者同盟的領導人。他來到布魯塞爾，請求馬克思和恩格斯加入同盟，並幫助同盟進行改組。對馬克思和恩格斯來説，加入同盟就有機會讓他們的思想在工人中產生更大的影響。為了讓廣大工人擁有科學理論的指導，馬克思提出：即將召開的同盟大會應該接受他的理論觀點作為同盟的綱領並以宣言的形式發表。6 月，在倫敦召開了改組後的「同盟」第一次代表大會。馬克思沒有參加，但派威廉・沃爾夫作為布魯塞爾小組的代表參加會議。這次會議決定將「正義者同盟」改名為「共產主義者同盟」。這是人類歷史上第一個以「共產主義」命名的工人政黨。大會通過了黨章，用「全世界無產者，聯合起來！」代替原來「人人皆兄弟」的口號。此次會議宣佈建立第一個國際性共產黨。這是人類歷史上共產黨召開的第一次代表大會，在國際共產主義運動史上具有里程碑意義。

11 月，共產主義者同盟在倫敦召開了同盟成立後的第二次代表大會。會前，恩格斯致信馬克思要他必須親自參加會議。在恩格斯看來，「這次代表大會肯定是決定性的，因為這一次我們將完全按照我們自己的方針來掌握大會」。於是，馬克思和恩格斯一道出席了這次會議。會上，以馬克思和恩格斯為代表的共產主義者與各種偽社會主義分子展開了激烈的思想鬥爭，並牢牢掌握會議的方向。在長時間的辯論中，馬克思和恩格斯堅定捍衛科學社會主義基本立場，深刻揭露各種錯誤的社

會思潮的虛偽本質及其理論危害，擴展了馬克思和恩格斯的思想的影響，而且在一定程度上消除了組織內部的思想混亂，實現了思想的統一。馬克思和恩格斯也因此贏得了與會者的支持和擁護。雖然馬克思當時只有 29 歲，恩格斯只有 27 歲，但馬克思成熟的思想給人留下了深刻的印象，同盟的同志們稱馬克思為「馬克思老爹」。會議結束時，與會者全體脫帽，高唱《馬賽曲》，大會在雄壯的歌聲中結束。

同時，同盟響應了恩格斯的提議，委託馬克思起草一份宣言，作為黨綱來正式表明黨的指導思想、基本觀點、奮鬥目標。其間，恩格斯曾向馬克思提出以下意見：「請你把《信條》（《共產主義信條草案》）考慮一下。我想，我們最好是拋棄那種教義問答形式，把這個東西叫做《共產主義宣言》，因為其中必須或多或少地敍述歷史，所以現有的形式是完全不合適的。」於是在 1848 年 1 月 31 日，馬克思完成了《共產黨宣言》的全部文稿，2 月以共產主義者同盟名義在倫敦正式發行，首版為德文版。時至今日，歐美的一些大學還會開設《共產黨宣言》文學欣賞課，把它當作美文學的範本。

但是，《共產黨宣言》的成就和價值，遠遠不止美文學這麼簡單。它的結構大氣恢宏，思想極為深刻。縱觀古往今來的文章，能像《共產黨宣言》那樣在結構、思想、語言上同時具有極高水準的，可謂鳳毛麟角。

從結構上看，《共產黨宣言》開篇史無前例地用雙重大坐標系，定位了人類歷史發展規律。縱向是時間的坐標系，揭示了前資本主義社會到資本主義社會，再到共產主義社會的歷史過

程；橫向是空間的坐標系，勾勒了西歐資本主義開創世界歷史的偉大進程。兩條坐標的交會點，就是當時的資本主義時代。這兩重坐標系所遵循的基本規律，馬克思認為是：「至今一切社會的歷史都是階級鬥爭的歷史。」

從思想上看，《共產黨宣言》揭示了「資產階級的滅亡與無產階級的勝利是同樣不可避免的」原理，也就是「兩個必然」理論，同時還闡明了「每個人的自由發展是一切人的自由發展的前提」，即共產主義社會理論。馬克思、恩格斯還不厭其煩地逐一回應了資產階級對無產階級的污衊和攻擊，確立了共產黨人的原則和信仰。此外，《共產黨宣言》還批判了各種各樣反動的、有害的、不徹底的和形形色色的社會主義思潮，從而澄清了科學社會主義的理論前提。

從語言上看，我們只消讀一下第一句便可明白：

> 一個幽靈，共產主義的幽靈，在歐洲遊蕩。為了對這個幽靈進行神聖的圍剿，舊歐洲的一切勢力，教皇和沙皇、梅特涅和基佐、法國的激進派和德國的警察，都聯合起來了。

馬克思天才般地化用了莎士比亞的名著《哈姆雷特》中的幽靈形象，當迷茫的人們彷徨無助之時，幽靈便會現身，為人們指引正確的方向。它的語言，時而氣勢磅礴，一瀉千里；時而剛柔相濟，入木三分。可謂力透紙背，字字千鈞。

因此，這部偉大的宣言一經問世，就帶來了「筆落驚風雨，

詩成泣鬼神」般的轟動影響。反動派懼怕它，革命者擁護它，學者研究它，就連普通的市民都知道「全世界無產者，聯合起來」的說法。它匯聚了馬克思主義的理論精髓，「以天才的透徹而鮮明的語言描述了新的世界觀」，對馬克思的學說「作了完整的、系統的、至今仍然是最好的闡述」。它的發行量達到幾千萬冊，是人類文明史上的一座豐碑，是每個覺悟工人和進步青年的必讀物，是從西伯利亞到加利福尼亞的千百萬工人的共同綱領。

　　資本家們驚呆了，他們從來沒有想過他們開創的偉大的時代竟然潛伏着如此多的病症。自近代文藝復興運動以來，有兩點讓歐洲人最引以為豪：一是工業革命，二是理性精神。但是隨着現代化發展的不斷深入，這兩個方面都走向了矛盾和衝突的「悖論」之中：工業革命滑入「現代化陷阱」，突出地表現為財富不斷增長的同時導致貧富兩極分化的社會生活矛盾。一方面是生產的社會化，一方面是生產資料的私人佔有，這種矛盾對抗越來越突出。理性精神陷入「人道主義困境」，突出地表現為理性呼喚人道主義，在現實中卻表現為人的「異化」。馬克思認為，只有在共產主義社會中，才能消除兩極分化問題，從而在物質財富極大豐富的前提下實現人的平等；才能消解人的異化問題，從而讓人性得到自由充分的發展。因此，在《共產黨宣言》裡，馬克思、恩格斯提出，資本主義社會在創造出巨大生產力和改變全部舊有的生產關係的時候，也在不斷製造經濟危機和壓榨無產階級。實現共產主義，必須通過無產階級革命，消滅私有制，實現「自由人的聯合體」。

《共產黨宣言》感染了無數後來的人。許多有志青年正是通過這篇宣言走上了追求共產主義理想的道路。可是誰又能想到,《共產黨宣言》是馬克思在極度嘈雜的生活環境下寫出來的——當時馬克思和燕妮孕育了一兒兩女,馬克思伏案寫作的時候,三個孩子趴在馬克思的肩頭「騎大馬」,或是在身後拽着馬克思「趕馬車」。由於馬克思在寫作過程中,殫精竭慮,字斟句酌,想讓它的語言像詩一樣美麗,因此交稿的時間不斷地拖延——這篇不朽的文章,是在共產主義者同盟的敦促和警告聲中,在恩格斯的不斷幫忙和鼓勵聲中,匆匆寫完的。

1872 年,時隔近 25 年後,馬克思為《共產黨宣言》的德文版再版寫了一篇序言,馬克思認為,「不管最近 25 年來的情況發生了多大的變化,這個《宣言》中所闡述的一般原理整個說來直到現在還是完全正確的」。但是,「這些原理的實際運用,正如《宣言》中所說的,隨時隨地都要以當時的歷史條件為轉移」。馬克思的這些話大有深意:他的理論不是教條,而是要時時刻刻與時代發展條件相結合。如果馬克思主義能夠緊跟時代甚至引領時代,那麼,它就是與時俱進的、永不過時的。

馬克思主義時代化的一項重要成果,就是馬克思主義中國化。中共老一輩無產階級革命家接觸到的最早的馬克思主義的著作之中,就有《共產黨宣言》。在陳望道翻譯的第一個《共產黨宣言》中文本出版發行時,它為中國的知識分子帶來了希望。毛澤東對《共產黨宣言》愛不釋手,他曾說:「《共產黨宣言》,我看了不下一百遍,遇到問題,我就翻閱馬克思的《共產黨宣言》,有時只閱讀一兩段,有時全篇閱讀,每閱讀一次,我都

有新的啟發。」於是，《共產黨宣言》成為了他每一年的必讀書目，其中的許多段落早已能倒背如流；他甚至還仔細閱讀了英文版，在書上認真地圈圈點點做筆記，從第一頁到最後一頁都是密密麻麻的蠅頭小字寫成的註解。毫不誇張地説，《共產黨宣言》是人類思想殿堂最璀璨奪目的瑰寶，是一代又一代共產黨人所賴以滋養的第一本馬克思主義經典著作，是共產黨人走向未來的必讀書籍，它具有經久不衰歷久彌新的力量。

今天，我們依然在讀《共產黨宣言》，每次讀來都思緒萬千，似乎能透過紙張看到馬克思在書桌前的興奮與憂愁，似乎能穿過文字聽到馬克思深夜裡的笑聲與哀歎，似乎能越過時間與那時的馬克思面對面，看到他再一次被驅逐的命運，看到他和燕妮被警察逮捕，釋放後來不及告別就又開啟了新的流亡之路。從布魯塞爾到科隆，從科隆到倫敦，雖一路坎坷，卻風雨無阻，雖生活艱辛，卻心懷理想。

對於共產主義馬克思如何從「猶疑」走向堅定信仰的？

　　馬克思指出，共產主義是當前具有歐洲意義的重要問題。《奧格斯堡總彙報》鼓吹把共產主義放在君主政體的控制之下，這完全是異想天開。隨着中等等級戰勝封建貴族而成為社會的統治階級，它也面臨着享有特權的貴族在法國革命時的情況。那時中等等級要求享有貴族的特權，現在一無所有的等級要求佔有中等等級的一部分財產，這是「曼徹斯特、巴黎和里昂大街上引人注目的事實」。英國的憲章運動，法國1831年和1834年的工人起義，就是這種要求的反映。《奧格斯堡總彙報》企圖以憤恨和沉默來推翻和規避眼前的事實，是根本辦不到的。

　　但是，當時流行的共產主義，無論是聖西門、傅立葉、歐文及其弟子的空想社會主義，還是魏特林的平均共產主義，或者是蒲魯東的理論，都不是科學的社會主義，都存在許多空想的、不科學的內容。例如，傅立葉竟宣告私有財產是一種特權。

　　這個結論當然不能同意。因此，馬克思明確指出：「《萊茵報》甚至在理論上都不承認現有形式的共產主義思想的現實性，因此，就更不會期望在實際上去實現它，甚至

都不認為這種實現是可能的事情。「《萊茵報》徹底批判
了這種思想。」

　　之後，馬克思開始認真研讀各種社會主義、共產主義理
論，參加關於社會主義問題的討論會，不久就獲得了這方面的
豐富知識。1845年初，他計劃與恩格斯共同編輯出版一套「外
國傑出的社會主義者文叢」。從保存下來的關於出版文叢的計
劃中可以看出，馬克思那時已經熟悉包括聖西門、傅立葉、歐
文、摩萊里、馬布利、巴貝夫、邦納羅蒂等許多社會主義理論
家的著作。

　　巴黎時期，馬克思加入了「正義者同盟」這個組織，進一
步堅定了無產階級革命的必要性、重要性。並且，西里西亞起
義同法國里昂絲織工人起義、英國憲章運動一起，使工人們開
始「意識到無產階級的本質」。這樣，一方面，馬克思高度讚揚
了無產階級的作用與自我意識的覺醒；另一方面，工人的貧困
與私有制聯繫起來，西里西亞起義之後普魯士國王甚至頒佈了
法令反對貧困，馬克思認為：貧困完全不是德國特有的現象，
它也存在於英國，而私有財產的存在則是貧困的根源。於是，
馬克思逐步完成自己思想的轉變，從對共產主義思想的猶疑走
向對共產主義道路的堅定信仰。

第十章

貧窮不限制思考
1849年
流亡倫敦

哲 人 說

沒有一家德國報紙 —— 無論在以前或以後 —— 像《新萊茵報》這樣有威力和影響，這樣善於鼓舞無產階級群眾。而這一點首先歸功於馬克思。

—— 恩格斯：《馬克思和〈新萊茵報〉（1848—1849 年）》

　　1849 年 8 月下旬的一天，天氣有點悶，一艘從法國布倫港開來的客輪停靠在了倫敦港，閘門打開的一瞬間，一大批難民湧向了這座世界之城。馬克思也在其中。當馬克思踏上這片土地的時候，他並不知道自己接下去的生活會跌至冰點，更沒想到會在這裡流亡餘生。事實上，雖然他一直心繫祖國的革命

事業，卻再也沒能有機會重返故土。人這一生也許就是這樣，有很多意想不到，有很多無可奈何，也有很多絕地逢生。「困難是弱者的萬丈深淵，卻是強者的墊腳石。」面對窘迫貧窮、枯燥沮喪的生活，有人可能分分鐘繳械投降，但馬克思卻迎難而上，他性情中最堅忍克己的成分都在這段不為人知的痛苦期裡發酵了出來。

1848 年革命前後，歐洲很不太平：奧地利帝國面臨土崩瓦解的危險，意大利南部發生暴動，法國的君主制被推翻、暴亂不斷，並逐漸擴散到德意志各邦國，乃至整個歐洲大陸。馬克思除了起草《共產黨宣言》之外，作為共產主義者同盟的領導人，他也真正投身到了革命的行列中，與其他同志並肩作戰。1848 年 3 月 3 日，馬克思突然被比利時政府驅逐出境，還沒等到最後時限，一群警察就衝進了馬克思的公寓，把他關進了監獄。心急如焚的燕妮在布魯塞爾民主協會的幫助下，得到了探視丈夫的機會，結果她也被銬了起來，扔進了滿是妓女的小黑屋。第二天，兩人都被釋放了，但條件是他們必須放棄所有的家計，立刻帶上孩子們離開比利時。此時，革命的火焰已經燃起，馬克思選擇回到祖國繼續展開政治鬥爭。

回到科隆以後，馬克思與好友恩格斯一起，着手創辦《新萊茵報》，以此作為他年輕時以相當熱忱編輯的報紙的續刊。再一次，馬克思成為了他渴望成為的角色，重拾了對新聞工作的熱情。

可是，籌辦《新萊茵報》並不順利，最大的問題在於辦刊資金不足。幾個創始人四處奔走借錢，最後是馬克思將自己從

馬克思、恩格斯在《新萊
茵報》上發表的評論文章

━━━━━━━ TIPS ━━━━━━━

《新萊茵報》自誕生之初起，就富有實踐性、批判性和諷刺性，劍指以國民議會為首的普魯士政府。在刊登於該報第一期的一篇關於法蘭克福國民議會的文章中，恩格斯抨擊了國民議會沒有保護人民的權利和相應的憲法主權。這一主張使得《新萊茵報》立刻喪失了一半的股東。

馬克思在《新萊茵報》中也多次表達了自己對貧苦群眾的關懷，為他們悲慘、不公的遭遇鳴不平。在一篇題為《六月革命》的文章中更是激情洋溢地說：「平民則受盡飢餓的折磨，遭到報刊的誣衊，得不到醫生的幫助，被『正直的人』叫做小偷、縱火者和流刑犯；他們的妻子兒女更是貧困不堪，他們的那些倖免於難的優秀代表被放逐海外。給這些臉色嚴峻陰沉的人戴上桂冠，是一種特權，是民主報刊的權利！」

母親那裡繼承到的遺產全部貢獻了出來。考慮到他當時微薄的個人資產，這筆錢真的是極其貴重，幾乎是馬克思的全部家當。然而，他沒有一絲遲疑地將財產奉獻給了革命事業。報紙如火如荼地辦起來了，可財務困境卻依然沒有解決，馬克思作為主編，連續好幾個月領不到一點薪水，完全是靠熱情和信仰在堅持工作。與此同時，《新萊茵報》還經常以原本就入不敷出的經濟狀況積極援助科隆、法蘭克福的起義者和民主協會。漸漸地，《新萊茵報》在內容和編輯策略上都出現了一個非常顯著的轉變：從單純地談論政治轉向更多地談論工人階級直接關心的問題；階級鬥爭的觀念越來越明顯，整體論調也變得更加激進。

由於《新萊茵報》鮮明的反政府風格和不可小覷的群眾影響力，很快就被當局拉進了黑名單，警察幾乎一鍋端了總部，下令停刊。不少報刊的主創要麼被驅逐，要麼遭

受逮捕與恐嚇，都紛紛逃離了普魯士，馬克思還堅持在德國繼續領導反政府的運動，與惡勢力作鬥爭。用當時一個運動首領的話說，馬克思就是想讓工人們脫離中世紀的地獄，但絕不能讓他們掉進另一個資本迂腐統治的煉獄中。

就這樣，沒過多久，馬克思被自己的祖國永遠驅逐了出去，《新萊茵報》也走到了盡頭。

被驅逐後的馬克思先是到了巴黎，但情況並不樂觀。當時霍亂疫情正在法國首都肆虐，馬克思一家的財務狀況也越發艱難，燕妮當掉了最後一塊珠寶，勉強維持一家人的日常生活。馬克思想要重操舊業，繼續革命，但法國政府也不笨，他們表示，馬克思想要繼續留在法國，可以，但必須舉家搬到莫爾比昂去。那是一個非常偏遠保守、衛生極差、熱病流行的地方，一旦去了就等於要了馬克思的命。正是在這種走投無路的境遇下，馬克思和燕妮最終選擇了倫敦——一

TIPS

1849 年 5 月 16 日，馬克思接到他 24 小時內必須離開普魯士的勒令。5 月 19 日，《新萊茵報》用紅色油墨刊印了最後一期。詩人弗萊里格拉特應馬克思的要求，為《新萊茵報》寫了一首告別詩：

別了，但不是永別，
他們消滅不了我們的精神，弟兄們！
當鐘聲一響，生命復臨，
我將立即披甲返程！
……
我這個被放逐的叛亂者。
作為一個忠實於起義的人民的戰友，
將在多瑙河畔和萊茵河邊，
用言語和武器參加戰鬥！

個與家鄉相隔千里的城市。那時的馬克思，剛好 31 歲。

為甚麼是倫敦呢？不同於巴黎和柏林，1849 年的倫敦，正快速變成 1848 年革命流亡分子的首都——一個對政治難民採取自由化和寬容政策的離岸天堂。因此，當時有很多慘遭歐洲大陸國家驅逐出境的激進人士都選擇倫敦作為最後的避難所。但實際上，這座城市對這些大量湧入的難民並沒有一絲同情和包容，這裡的生活成本更高，整體環境也更加艱難。在倫敦中部蘇荷區（Soho）的貧民窟居住着大量移民、叛逆的文化人和窮人。馬克思和燕妮就住在這裡，境遇非常糟糕。被各國驅逐之後，馬克思的財務狀況已經瀕臨絕境。為了償還《新萊茵報》的債務，他已經花光了所有能用的資金。燕妮在這一點上倒是非常支持自己的丈夫，她曾告訴友人，「為了挽救這份報紙的政治聲譽以及科隆熟人的名聲，卡爾獨自承擔了所有重擔，放棄了他的機器（指報社新買的打印設備），放棄了所有收入，臨走還借了三百塔勒交付了新租賃辦公室的房租，支付了編輯們的薪水，最終還是被強行趕了出來」。在倫敦的馬克思一家四處舉債，窮困潦倒到了極點。

與此同時，馬克思的家庭成員也在不斷增加，他們的兒子吉多、女兒弗蘭西斯卡相繼出生。大城市的生活代價非常大，令人難以啟齒的居住環境，高額的房租，整天催錢的房東，沒有工作收入（在當時的倫敦，如果是具備實用技能的流亡者，比如醫生和工程師，還能找到工作；如果能忍受低工資和繁重的體力活，也可以苟且謀生；但作家、律師或是其他人文背景的難民，幾乎都找不到工作），把馬克思一家壓得幾乎喘不過氣來。

當時馬克思一家的生活有多困頓？我們可以從兩個地方看到他們的悲慘境地。

一是燕妮寫給魏德邁的一封信，其中是這樣説的：

我只要把我們一天的生活情況如實地向您講一講，您就會看到，過着類似生活的流亡者恐怕是不多的。因為這裡奶媽工錢非常高，儘管我的胸和背部都經常疼痛得厲害，我還是決定自己給孩子餵奶。但是這個可憐的孩子從我身上吸去了那麼多的痛苦和內心的憂傷，所以他總是體弱多病，日日夜夜忍受着劇烈的痛苦。他從出生以來，沒有一個晚上是睡到兩三個小時以上的。最近又加上了劇烈的抽風，所以孩子終日在生死線上掙扎。由於這些病痛，他拚命地吸奶，以致我的乳房被吸傷裂口了；鮮血常常流進他那抖動的小嘴裡。有一天我正抱着他這樣坐着，突然我們的女房東來了。我們一個冬天已經付給她二百五十多塔勒，其餘的錢按合同不應該付給她，而應該付給早已查封她的財產的地產主。但她否認合同，要我們付給她五英鎊的錢款，由於我們手頭沒有錢，於是來了兩個法警，將我們不多的全部家當——床鋪衣物等——甚至連我那可憐的孩子的搖籃以及眼淚汪汪地站在旁邊的女孩們的比較好的玩具都查封了。他們威脅說兩個鐘頭以後要把全部家當拿走。那時忍受着乳房疼痛的我就只有同凍得發抖的孩子們睡光地板了……第二天我們必須離開這個房子。天氣寒冷，陰暗，下着雨。我的丈夫在為我們尋找住處，但是他

一說有四個孩子，誰也不願收留我們。

二是普魯士當局曾將一位密探派往倫敦，監視馬克思的生活起居。這份密探報告中這樣寫道：

> 作為父親和丈夫，馬克思儘管有着狂野和不安靜的性格，但還是最擁有溫柔和溫和性情的人。馬克思居住的是條件最差的地方，因此也是倫敦收價最低的街區之一。他租了兩間房子。一間是可以向外看到街上的用作沙龍的客房，後面是臥室。整個看來，房間裡沒有一件乾淨耐用的傢具。所有的東西都是破破爛爛的，上面佈滿半英吋的塵土；所有地方都處於最為雜亂的狀態。客房的中間是一張老式鋪着油布的大桌子，上面堆着手稿、書和報紙，還有孩子們的玩具、抹布和妻子縫紉籃子裝的碎布條，還有幾個邊緣破損的茶杯、小刀、叉子、燈具、墨水瓶、大玻璃杯、陶土製的煙斗、煙灰……在個人生活上，他極度沒有條理、憤世嫉俗，是一個糟糕的家庭主人。他過着一種真正的吉卜賽人的生活。他極少清洗、修飾、換衣服；常常醉酒。雖然他經常一連幾天都無所事事，但當他有大量工作的時候又會毫不疲倦夜以繼日地去做。他沒有固定的作息時間。常常通宵達旦，然後中午就和衣躺在沙發上，一直睡到晚上，整個世界的運轉都打擾不了這個房間。

正是由於這種惡劣的生存環境和常常揭不開鍋的家庭狀

況，馬克思的兒子吉多和女兒弗蘭西斯卡，都只活了一歲多一點就去世了，這對馬克思的打擊非常大。貧窮、孤獨，加上個人的悲劇，只會讓流亡者的境遇更加悲慘，但真正強大的人不會因此就消沉下去，不會輕言放棄，只會越挫越勇，置之死地而後生。馬克思，就是這樣的人。雖然生活異常艱辛，他的身體條件在惡劣的環境下每況愈下，這擁擠狹小的家裡卻把大房間留給馬克思作為工作室。馬克思在這裡寫作、開會、研討、辯論，甚至演講，經常有一些工人群眾或是仰慕馬克思的人到他家來，圍坐在工作台附近，聽他講說。

當時，倫敦的政治環境也不容樂觀，來自德國的流亡者中也有很多政見不一的人，在各處傳播自己的觀點。馬克思早在《共產黨宣言》中就不留情面地批判過德國「真正的社會主義」，稱他們是「小資產階級」民主派，並沒有代表工人階級的利益，也沒有真正站在廣大貧

TIPS
李卜克內西眼中的馬克思

有一位叫威廉·李卜克內西的年輕人，是馬克思忠實的學生。他就是後來德國社會黨的創建者。他曾這樣評價自己的老師：「馬克思進行得有條不紊。他提出命題（越短越好），接著就比較詳細地進行解釋，盡量注意避免工人聽不懂的一切表達。然後請聽眾向他提問題。如果沒有人提問，他就開始考試聽眾。他這種講授技巧，任何缺陷或誤解都逃不過他……他具有優秀教師的天賦。」

苦群眾這邊。因此，馬克思與同伴恩格斯一起，一直堅持與各種怠慢革命、逃避革命的思想作鬥爭。

　　除了來自異見者的阻撓，馬克思當時的政治活動也面臨着相當大的挑戰和風險。當時，這些革命運動者都會選擇倫敦的各大酒吧接頭交流，但不管是在公開宴會還是在私下會議中，都會出現普魯士與奧地利政府的間諜和秘密警察，他們常常滲透進流亡組織，從中挑撥離間搞破壞。在這種左右夾擊的艱難處境下，馬克思依舊堅持參與到為工人階級四處奔走的政治運動中，從未有過放棄的念頭，也從未停下腳步歇一歇。馬克思一直是個堅強的人，面對各種生活的嘲笑和命運的打擊，「他即使在最為困苦的時候也從未失去過對未來的信心和愉快的性情」。

　　有意思的是，馬克思剛搬到倫敦住所的時候，隔壁麵包店的麵包師特別瞧不起他的窘迫。馬克思經常沒錢買麵包，只能向他不斷地賒賬，沒多久，麵包師見到馬克思就狠狠摔門，拒絕再見他。但過了一段時間，當他了解到馬克思正在做的偉大事業後，慢慢改變了對他的看法。有一次，一場小規模的工人運動勝利後，麵包師非常興奮，在家門口踱來踱去等待着甚麼人。果然，他遠遠地看到了馬克思，熱情地上前擁抱了他，並主動從懷裡掏出兩個麵包，贈送給了馬克思，表達對他的感謝。

　　在流亡倫敦的這段時間裡，馬克思的人生可以説跌到了谷底，飢寒交迫，困苦難耐，疾病纏身，但令人敬佩的是他完全沒有被生活擊垮，仍然以極大的熱情堅持研究和學習。倫敦大英博物館的藏書室是無與倫比的知識儲藏地，它的圓形大廳幾

乎成了馬克思第二個家。他在這裡除了進行大量高質量的新聞
寫作之外，同時也開始了經濟學著作的基礎性工作。有關資料
顯示，他在這裡研讀了稀有金屬、貨幣和信貸方面的著作；休
謨、洛克和更多貨幣方面的著作；李嘉圖、亞當・斯密和流通
方面的著作；凱里、馬爾薩斯和經濟學原理著作等。馬克思在
筆記本上奮筆疾書，留下了大段大段摘錄自八十多位作者的著
作的閱讀筆記。他就這樣重新開始了 1844 年始於巴黎、後來
被迫放下的經濟學研究，從當時資本主義生產過剩的週期性循
環，包括 1843 年至 1845 年過度投機、1846 年至 1847 年的
經濟恐慌，以及 1848 年至 1850 年英國和法國的危機等中，
他不斷地觀察危機產生的徵兆，確實也發現了大量的跡象，並
準確推理出了危機產生的種種可能性。1852 年，他曾寫信給

| 倫敦的大英博物館 |

恩格斯說，「革命可能比我們預想的來得早」。

　　一百多年過去，大英博物館也曾改建過，但在中央閱覽室的 H 排 3 號座位上，一直放置着一張紀念馬克思的小卡片，據說這是馬克思當年最喜歡的位置。馬克思的後三十年，有大把的光陰都是在這個閱覽室度過的。他在這裡如飢似渴地閱讀、摘錄、寫作，幾十年如一日。如果將來有一天，你有機會去英國，去倫敦，別忘了去大英博物館中央閱覽室 H3 座位看一看，也許就能感受到馬克思當年奮筆疾書的努力呢！

第十一章

指點江山論中國

1853年

關 注 中 國

哲 人 說

英國報紙對於旅居中國的外國人在英國庇護下每天所幹的破壞條約的可惡行為真是諱莫如深！非法的鴉片貿易年年靠摧殘人命和敗壞道德來填滿英國國庫的事情，我們一點也聽不到。

—— 馬克思：《英人在華的殘暴行動》

　　1853 年，流亡倫敦使馬克思的生活焦頭爛額，一段時間裡，為了生計，他成為了美國《紐約每日論壇報》的通訊員，為那份報紙撰寫了大量的新聞和評論文章。儘管他後來說，這些文章水平有限，都是「一些亂七八糟的東西」；但天分是抑制不

─── **TIPS** ───

馬克思與報紙

馬克思不僅是理論家、革命家，還是一個觀點鮮明的記者、無畏的報紙編輯。這種與報紙密切相關的身份讓馬克思非常享受，他走上社會後大約有 20 年時間都在從事與報紙相關的工作，編報紙、為報社寫稿是他主要收入來源，同時他也通過報紙媒體指導和影響歐洲革命。

早在 1842 年，他就在報紙上發表了他首批關於經濟問題的文章，這是他一生中同政治經濟學打交道的開始。在 19 世紀 40 年代尤其是在 1848 年至 1849 年革命中，他已經以德國主要的新聞記者以及民主派左翼的報紙編輯而聞名，為《新萊茵報》撰寫和編輯了幾百篇文章。1850 年，作為政治流亡者剛到達倫敦，馬克思和恩格斯就立即着手創辦一份新報紙，並再一次使用了《新萊茵報》這一名稱。《新萊茵報》不久就走向破產，但是馬克思和恩格斯繼續支持英國激進的憲章派報刊如《寄語人民》和《人民報》等。

1851 年，《紐約每日論壇報》編輯查理·德納邀請馬克思成為該報在歐洲的通訊員之一。在大約十年時間裡，馬克思和恩格斯寫了幾百篇文章，《論壇報》發表了其中的 490 多篇，馬克思自己撰寫的就有 300 多篇。隨着《論壇報》成為英語世界發行量最大的報紙，馬克思實際上成為他那個時代最主要的和擁有最多讀者的新聞記者之一，成為一個關於所有經濟和金融問題的有名望的專家，他關於歐洲貨幣和金融危機的判斷得到了高度尊重。馬克思還為自己贏得了國際政治領域最主要的專家這一名譽，他的文章涉及他那個時代的一切主要國際衝突和戰爭。

住的，可靠的資料、嚴肅的研究和雄辯的推論疊加在一起，使得馬克思憑藉這些文章成為該報編輯口中「最寶貴的撰稿人」。並且由於馬克思強大的分析研究能力，他的這些文章我們必須予以高度重視。

在馬克思為《紐約每日論壇報》撰寫的三百多篇文章中，從 1853 年開始，有十餘篇是直接討論中國問題的。雖然按比例來說數量不算很大，但意義卻很重大。對我們中國人而言，這些報紙文章更是別有一番意義。或許是一種偶然，但更像是一種注定的相遇。

為甚麼要討論中國？其中有外在的原因，19 世紀 40 年代，

西方資本主義國家的殖民擴張進入了一個新階段，中國作為最後一塊巨大的世界市場，成為西方列強爭奪的重點，中國以及在中國發生的兩次鴉片戰爭成為西方及其媒體關注的焦點。作為一個出色的記者，馬克思怎麼可能放過這麼熱門的選題？更有內在的原因，馬克思、恩格斯要為無產階級制定革命理論，不僅需要了解歐洲社會的歷史和現狀，也需要了解東方社會的情況；不僅要研究資本主義國家內的矛盾和危機，也需要研究其國際矛盾和危機。馬克思的視野，從來都不局限於歐洲，他是面向全人類的。

在這些文章中，馬克思對中國這個古老帝國的過去、現在和未來，對中國與世界的關係，對人類共同的命運，都作出了令人信服的評述。那麼，馬克思到底是如何論述中國的過去、現在和將來的呢？

關於古代中國，馬克思認為，中國人口一直佔據世界之首，經濟長期處於領先地位。直到 19 世紀初期，中國還是世界上最強大的國家之一。中國古代文明曾經極大地推動了世界文明的進程，甚至改變了西方人的生活方式。他高度讚揚中國古代技術發明對世界的影響：「火藥、指南針、印刷術——這是預告資產階級社會到來的三大發明。火藥把騎士階層炸得粉碎，指南針打開了世界市場並建立了殖民地，而印刷術則變成新教的工具，總的來說變成科學復興的手段，變成對精神發展創造必要前提的最強大的槓桿。」馬克思憑藉他廣闊的知識視野，敏銳地指出中國發明或出產的火藥、紙幣、算盤、茶葉、絲織品、養蠶業等，都曾經極大地推動了世界文明的進程，甚

至改變了西方人的生活方式。例如，從 18 世紀開始，英國人的茶葉消費迅速增長。喝茶成為英國人生活中不可或缺的日常元素，而當時大多數英國人所喝的茶葉，都來自中國。

關於近代中國何以落伍的問題，一直是國內外學者持續討論的焦點話題。英國學者李約瑟提出了著名的「李約瑟難題」，即為甚麼中國古代對人類科技發展作出了很多重要貢獻，但革命和現代科學沒有在近代中國發生。原因當然極其複雜，而在馬克思看來，直接原因是英國等西方列強的入侵，根本原因乃是中國沒有跟上時代潮流。16 世紀以後，西方已經從農業經濟逐步轉變為工業經濟，中國社會則由於閉關自守而停滯不前。馬克思說：「一個人口幾乎佔人類三分之一的大帝國，不顧時勢，安於現狀，人為地隔絕於世並因此竭力以天朝盡善盡美的幻想自欺。這樣一個帝國注定最後要在一場殊死的決鬥中被打垮。」經濟上，中國一直是自然經濟，以小農業與家庭手工業相結合的形式存在。到 19 世紀初，中國仍然是貿易大國，但由於經濟結構落後，最終必然被先進的工業經濟所打垮。

馬克思認為，在經濟上，這種自然經濟抵觸新的工業經濟，而且「始終是東方專制制度的牢固基礎，它們使人的頭腦局限在極小的範圍內，成為迷信的馴服工具，成為傳統規則的奴隸，表現不出任何偉大的作為和歷史首創精神」。在政治上，中國長期實行專制統治，整個國家就像一個大家庭，皇帝是所有人的「父親」，地方官則是他們所管理的地區的人們的「父親」，維繫這個龐大的國家機器的各部分的唯一的精神聯繫，是一種「家長制權威」。在文化上，中國的皇帝及其周圍的大官們

常常墨守成規、安於現狀；而中國百姓往往保守落後、性情柔弱、過於節儉，寧願庫藏金銀也不願購買國外新產品。因此，中國這個東方古國已經成為腐朽的、半文明的國家，統治者必然喪失統治權，而其人民也似乎必然要被西方的鴉片所麻醉，然後才能「從世代相傳的愚昧狀態中喚醒」。當然，馬克思在分析中國社會的特點的同時，也揭露了資本主義列強對華戰爭的侵略本質和血腥暴行，熱情支持中國人民的反侵略鬥爭。在《英人在華的殘暴行動》一文中，馬克思寫道：

　　英國報紙對於旅居中國的外國人在英國庇護下每天所幹的破壞條約的可惡行為真是諱莫如深！非法的鴉片貿易年年靠摧殘人命和敗壞道德來填滿英國國庫的事情，我們一點也聽不到。外國人經常賄賂下級官吏而使中國政府失去在商品進出口方面的合法收入的事情，我們一點也聽不到。對那些被賣到秘魯沿岸去當不如牛馬的奴隸、被賣到古巴去當契約奴隸的受騙契約華工橫施暴行「以至殺害」的情形，我們一點也聽不到。外國人常常欺凌性情柔弱的中國人的情形以及這些外國人帶到各通商口岸去的傷風敗俗的弊病，我們一點也聽不到。我們所以聽不到這一切以及更多得多的情況，首先是因為在中國以外的大多數人很少關心這個國家的社會和道德狀況，其次是因為按照精明和謹慎的原則不宜討論那些不能帶來錢財的問題。因此，坐在家裡而眼光不超出自己買茶葉的雜貨店的英國人，完全可以把政府和報紙塞給公眾的一切胡說吞嚥下去。

　　馬克思撰寫這些報紙文章時，正是太平天國運動席捲中國的時代。馬克思對太平天國運動給予很高評價，認為這是「一場驚心動魄的革命」，它不僅會動搖中國的封建專制制度，甚至會引發歐洲大陸的政治革命。當然，馬克思也看到了太平天國運動的局限性。例如，太平軍具有宗教色彩，不知道自己的真正使命，而只想改朝換代；只知道破壞，不知道建設；只會勇敢戰鬥，而害怕群眾；軍紀不嚴，招收流氓無產者參軍，採用引起恐懼戰術，給人以兇神惡煞的印象等。這些都是「停滯的社會生活的產物」。但他認為，中國人民的覺悟會隨着革命鬥爭的發展而不斷提高。第一次鴉片戰爭時，中國民眾還「保持平靜」，對戰爭漠不關心，但到了第二次鴉片戰爭時，反抗外敵的情緒就空前高漲，「民眾積極地而且是狂熱地參加反對外國人的鬥爭」，「表明他們已覺悟到舊中國遇到極大的危險」。

　　那麼，中國的未來會是一幅怎樣的圖景呢？在馬克思看來，一方面，中國將對世界文明進程產生新的重大影響。恩格斯把馬克思的這一思想作了一個極其精彩的表述，他説，隨着中國革命的深入，「過不了多少年，我們就會親眼看到世界上最古老的帝國的垂死掙扎，看到整個亞洲新世紀的曙光」。中國的工業化將會產生大量過剩人口，形成中國向國外的移民潮，並影響世界的勞動力市場，從而加速西方革命的步伐，加速資本主義的崩潰。這樣，「資本主義征服中國的同時也將促進歐洲和美洲資本主義的崩潰」。另一方面，中國將會產生獨特的新文明類型。隨着中國引進西方的先進生產力，舊的文明即以農業和手工業相結合為基礎的文明將被消滅，新的工業文

明將建立起來。用恩格斯的話說,「在陸地和海上打了敗仗的中國人必定歐洲化,開放他們的港口以進行全面通商,建築鐵路和工廠,從而把那種可以養活億萬之眾的舊制度完全摧毀」。馬克思預見到,隨着中國的發展,貧富兩極分化現象將出現,人們將要求重新分配財產,甚至要求消滅私有制。這樣一來就有可能產生「中國社會主義」,並且與「歐洲社會主義」完全不同。他說,「中國社會主義之於歐洲社會主義,也許就像中國哲學與黑格爾哲學一樣」。他甚至給出了新中國的名字,即「中華共和國」。這是多麼天才的設想!可見,馬克思期望中國的革命能夠批判現行的資本主義文明,再造一個人類新文明類型。

雖然馬克思對中國的論述分散在十幾篇文章中,跨度達六七年,但是「形散而神不散」。我們回顧一下上面的介紹,能看出馬克思有着嚴格的論證邏輯:第一,英國對華殖民犯下了無數令人髮指的暴行;第二,中國傳統社會正在土崩瓦解,「古老的中國被判了死刑」;第三,中國傳統社會絕不值得維護,因為它「表現不出任何歷史的首創精神」;第四,英國殖民者打開了中國的貿易市場,也就把封閉落後的民族歷史打通為世界歷史的一部分,他們「不自覺地充當了歷史進步的工具」;第五,當英國人把動亂送進中國的長江口時,中國也同時把這種動亂造成的影響帶到全世界;最後,在這種情形下,未來可能誕生出一個能夠適應世界歷史發展的全新的中國,從而迎來「亞洲新紀元的曙光」。再深一層思考,馬克思這些論述背後總體的哲學邏輯是:第一,由西歐開始並波及全世界的現代文明戰勝傳統社會是世界歷史發展的必然;第二,這種必然並不意味着

TIPS

我們可以按照時間線索，大致清理出歐洲與中國（或亞洲等非歐地區）之間的三個不同階段的歷史進程：

在第一階段，歐洲憑藉着資本主義生產方式在世界範圍內擴大它的領先優勢，並在征服世界的進程中推行它的文明成果。這是 19 世紀歷史的基本面目，鴉片戰爭就是其中的一個典型事件。

在第二階段，非歐地區或者說「邊緣」地區被納入全球資本主義的體系之中，開啟了現代化的道路，從而資本主義全球化的實體性內容也在不斷深化。這一道路既是世界歷史的普遍性決定的，又在不同的文明之間分別有其具體的特殊條件，他們批判性吸收歐洲已有的文明成就的結果也不盡相同。最成功者當如美國，迅速成長為世界的頭號強國。這是 20 世紀歷史的基本面目。

在第三階段，世界各民族的現代化進程促使世界經濟體系的中心—邊緣結構不斷流動，歐洲在衰老之時讓出它的中心位置，同時世界上的其他民族地區一旦將歐洲既有的文明形態及其成果批判性地吸收並領會之後，將有可能開啟一種揚棄了資本主義文明的新文明類型。目前來看，中國最有可能承擔起這一歷史任務。這或許是 21 世紀歷史的可能性。這三個階段大體描繪了現代世界的歷史進程。

「西方中心主義」，即西方對東方永遠的統治，落後民族國家開始現代化建設之後，很有可能帶來歷史的「新紀元」。

自 1840 年以來，中國確實在世界歷史上處於歐洲和發達國家的「從屬」地位，但是，正像歷史唯物主義所揭示的那樣，沒有哪種歷史事物是永恆不變的。因此，中國的「從屬」乃是「暫時地從屬」和「部分地從屬」。就「從屬」而言，中國舊有的農業社會生產方式逐漸解體，而採用現代文明生產方式作為全球化體系的一個組成部分，絕無「全盤復古」之可能；就「部分」而論，中國落後於歐洲注定了它對歐洲文明的吸收方式是批判性的，各民族國家的吸收結果或程度不一，但自身的民族特性使其絕無「全盤西化」之可能，不論是中國、日本，還是印度、穆斯林世界，皆是如此。因此，這兩重性質的綜合，正是中國開啟現代化道路的歷史機緣。

　　如果馬克思還活在今天，他將會看到，他曾經「宣判死刑」的古老的中國，經受了一百多年的壓迫和屈辱，經受了數次巨大的傳統斷裂和社會轉型，開啟了中國特色社會主義的快速現代化道路，正在逐步實現中華民族偉大復興的「中國夢」，沉重打擊了歐洲中心主義的「神話」，在世界上煥發出無與倫比的活力，他一定會感到無比欣慰。

第十二章

忠言逆耳利於行
1857年
批判事業

哲人說

我現在發狂似地通宵總結我的經濟學研究，為的是在洪水之前至少把一些基本問題搞清楚。

—— 馬克思給恩格斯的信，1857 年 12 月 8 日

　　1857 年的某個深夜，一間斗室，紙片散落一地。陷入沉思的馬克思一刻不停地抽着煙，時不時喝些檸檬水。由於思考過度和精神高度緊張，他後來不得不長時間服藥治療。

　　馬克思曾不止一次地預言過資本主義經濟危機的爆發，但很多時候預言都落空了。1857 年，危機終於爆發了。這令馬克思興奮異常，他近乎瘋狂地投入到經濟學研究之中，希望通

過他的「純粹的科學工作」把這個世界的真相揭示出來。用馬克思的話説，這是為了「在洪水之前至少把一些基本問題搞清楚」，以便讓工人階級認識到資本主義並不神秘。恩格斯在同一時期也表達了對危機的高度關注，他甚至説，「危機像海水浴一樣對我的身體有好處」。

馬克思和恩格斯為甚麼對這次危機這麼關注呢？這和馬克思一直從事的政治經濟學批判的研究工作有關。《資本論》（第一卷）就是在 1857 年 10 月至 1858 年 3 月這段時間所寫的《經濟學手稿》的基礎上形成的。馬克思後來在一封信中談到《經濟學手稿》時説，這是從 1843 年至 1858 年這十五年中他「一生的黃金時代的研究成果」。他要讓那些處於社會底層的人通過自己的文字搞清楚這個社會到底犯了甚麼病，為甚麼會發生經濟危機這樣的怪現象。他還要讓廣大勞動者認識到，正是勞動階級自

TIPS

1857 年經濟危機

這是資本主義歷史上第一次世界性的生產過剩危機。此次危機不像之前從英國開始的局部性危機，而是從美國開始。危機爆發之時，美國有大量的銀行、金融公司和工業企業破產倒閉，影響波及英國和歐洲大陸等當時主要的資本主義國家。這次經濟危機波及面非常廣，農業和工商業均受到影響，生產力遭受嚴重損毀。

1857─1858 年經濟學手稿的一頁

己捏住了資本主義社會的「七寸」，因而要在關鍵的歷史時刻予以狠狠的打擊。他的這項批判工作猶如閃電一樣，照亮了資本主義古典經濟學的整個夜空，讓它的缺陷暴露無遺。馬克思正是憑藉他獨創的批判大法，成功預言了 1857 年的這場危機。

那麼，到底馬克思的批判是甚麼意思呢？批判從懷疑開始，從對一切既定的成見發出自己的疑問開始。馬克思的座右銘就是「懷疑一切」。但這個「懷疑一切」並不是認為所有事物都是假的，都是人們所不能認識到的。馬克思的懷疑其實是以揭示那些掩蓋真相的「假相」作為起點的，從一些人司空見慣甚至不言而喻的現象中看出不一樣的東西來。這種批判不是熬製心靈雞湯，也不是在做智力遊戲，更不是「憤青」的情感宣洩。正如馬克思所説，「批判不是頭腦的激情，它是激情的頭腦，它不是解剖刀，它是武器。它的對象是自己的敵人，它不

151

是要駁倒這個敵人，而是要消滅這個敵人」。可見，批判的目的是「改變世界」。

批判的歷史與人類文明的歷史同樣古老，它最早可見於人類遠古時期對神話的理解。最初，神話是不容被質疑的，人們只有信仰、膜拜和敬畏，別無他途。然而，隨着人類交往的擴大，總有人會接觸到不同的神話，比如說，古希臘神話中有個叫狄俄尼索斯的酒神，喜歡飲酒，但是伊斯蘭教卻禁止人們飲酒。這樣一來，人的信仰開始受到挑戰。既然人們的信仰遭到了「異端」的質疑，除了像意大利教皇燒死布魯諾一樣暴力清除異端之外，更重要的是與不同的神話和信仰之間展開辯論，辯論也就意味着在思想上澄清不同神話之所以成立的前提與界限。這種辯論就是批判。

眾所周知，德國古典哲學家康德以其「三大批判」聞名於世，批判的方法正是經過康德發揚光大

批判的三重境界

批判的第一重境界是自我批判，也就是認識自我、超越自我。曾子說：「吾日三省吾身：為人謀而不忠乎？與朋友交而不信乎？傳不習乎？」這就是自我批判。古希臘人也將「認識你自己」這句話刻在了德爾菲神廟上。批判的第二重境界是正視他人，傾聽他人的呼籲，並立志為別人做些甚麼。毛澤東所說的「為人民服務」，就是建立在批判的第二重境界上的。批判的最高境界是改變社會，用宋代張載著名的「橫渠四句教」來說就是：「為天地立心，為生民立命，為往聖繼絕學，為萬世開太平。」這就是批判的第三重境界。要達到第三重境界，必須要有高遠的眼光、關愛的情懷和濟世的責任，前提在於先要認識你自己，立志高遠，擁有利他精神和天下關懷。

的。康德的三部作品分別是《純粹理性批判》《實踐理性批判》
和《判斷力批判》，分別討論的是在人類的理智中，「知識如何
可能」「道德如何可能」和「審美如何可能」三大問題。黑格爾
更是把批判思想叫作「自由的思想」，他要求「不接受任何未經
審查其前提的思想，無論它看起來多麼理所當然」，這就是他的
名言「熟知非真知」的另一種表述。可以説，馬克思的批判方
法，直接得益於康德和黑格爾。

　　馬克思把「批判的武器」對準了資本主義社會，並得出了
驚世駭俗的批判結論：資本主義的全部秘密，就在於它把全部
的社會現實理解為計算性思維的統治力量。一切關於「等價交
換」的觀念，都是現代資本主義社會的發展成果，也就是説，
計算性科學思維恰恰是建立在經濟學的基礎之上的，而不是像
經濟學家們認為的那樣，經濟學起源於數學。馬克思得出結
論：等價交換的概念是商品經濟發展到高級階段——市場經濟
之後的產物。而在市場經濟階段，一旦兩種截然不同的物之間
被理解為具有等價交換的關係，那麼它立刻變成了：思想、愛
乃至勞動力本身，都可以被一般等價物來進行交換，也就是納
入到貨幣關係之中。這樣一來，資本主義的時代主題就在於：
金錢成為社會評價的唯一尺度，並且具有統治地位。因此馬克
思指出，資本主義橫行世界的秘密，就在於它為人類重新制定
了理解世界的方法：把世界看作是可被計算、可被利用的東
西。我們今天很大程度上也處在這樣的時代主題之中——當我
們談發展和進步的時候，往往用數字增長關係去衡量，而這恰
恰是資本主義時代的典型意識形態，數量關係上的巨大被理解

為「偉大」，諸如此類。

　　而在資產階級把等價交換視為「平等」和「自由」的時候，實質上是說，人作為「勞動力」，在市場上是可以「平等」買賣的。我們今天用「人力資源」這個詞的時候，就等於把人的勞動力理解為可供交換的「資源」。但是，等價交換並不會使貨幣產生新的貨幣，即資本，必須要有某種東西低於商品的價值，這種東西就是勞動力。為此資本家想盡一切辦法來壓榨勞動力，來讓勞動力更有效率地創造更多物質力量，最早是延長勞動時間，後來則是改變管理方式，諸如「泰羅制」和「福特制」等。但是，歐洲內部的勞動力很難維持越來越龐大的市場規模，因此資本家轉而去剝削和榨取海外的廉價勞動力市場。馬克思所反對的資本主義，是指資本如此這般運行的制度和機制，這樣的制度是以敵視人、壓榨人為手段，使財富聚集在少數人手中的私有制，這樣的制度必須應當被消滅，而消滅的武器就掌握在無產階級手中。

　　古典政治經濟學家認為，由於人類通過勞動可以無限積累財富，因此資本無限增殖的本性理所應當成為現代文明的基本原則，並且可以通行無阻。馬克思卻說：哪有這樣的事？資本的無限增殖原則的前提是異化勞動與雇傭勞動，是對利潤和剩餘價值無休止的追逐和榨取。這種無休止的行為有限度嗎？當然是有的，而且具有四重限度。在邏輯限度上，隨着資本有機構成的不斷提高，平均利潤率會不斷降低，當它降為零的時候，資本無限增殖的原則和邏輯就會宣告破產。在歷史限度上，西歐資產階級對工人階級和落後民族的剩餘價值的榨取，

必將不斷產生革命浪潮，並開啟世界無產階級運動，因而「資產階級的滅亡和無產階級的勝利是同樣不可避免的」。在自然限度上，地球只有一個，資源是有限的，沒法讓資本無限制地獲取資源。在社會生活的限度上，人的慾望是無限的，但需求是有限的。所以在這四重限度下，資本主義的邏輯必定會走向終結，而不是甚麼普世的或者永恆的。因此，資本主義生產力決定了生產的無限擴張趨勢，而資本主義生產關係卻是生產資料私有制，既要求擴張，又要求限制，二者之間是完全矛盾的。就這樣，馬克思運用批判的方法，發現了資本主義的本質矛盾。

即便是在現實生活中，有很多事情也都需要我們像馬克思那樣開動自己的腦筋去追問，去反思，進而去批判的。我們借用馬克思的批判思想去審視我們的現實生活，同樣可以發現在一些看似平常無奇的社會現象背後的真相，認識到那些流行的觀點其實從一開始，我們堅持它的理由和前提就是有問題的。今天的我們被太多的消息所包圍，大到「家國天下，時政雄文，財經報道，媒體評論」，小到「生活常識小竅門，男默女淚情感文，讀到哪句心疼了？不轉不是中國人」，甚麼樣的消息才是真實的？甚至我們可以在任何時間，諸如茶餘飯後、上下班路上，對我們已有的「常識」進行思考：學好數理化，真的走遍天下都不怕了嗎？愛笑的人運氣真的不會太差嗎？甚至蘇格拉底所説的「寧願做一個痛苦的人，也不願做一隻快樂的豬」也是對的嗎？細細想來，問題可能根本沒那麼簡單。還有一些事情正發生在我們這個時代，例如「寧願坐在寶馬車裡哭，也不願坐在自行車後面笑」，「即使賣掉自己的一顆腎，也要去買一個

蘋果手機」。沒有馬克思從整個時代出發所闡發出的批判思想，我們是瞧不出其中的荒誕邏輯的。

與馬克思所在的那個資本還處於原始積累階段、人民普遍貧困的時代不同，我們生活在物質富裕的時代。但市場競爭的法則一樣，資本為榨取剩餘價值無限擴張的本性也一樣。我們應該反躬自問，在消費主義日益橫行的時代，為甚麼很多人還是會抱怨自己活得並不幸福？我們是不是也同樣掉進了這樣一個被金錢所統治、個體主義橫行無阻的荒誕社會呢？舉一個簡單的例子，大齡單身青年有時會被迫參加一些「相親」活動。在多數場合，這樣的「相親」其實就是把幸福感、安全感量化的產物。人們將一個人的能力外在化為物質性的房子、車子和穩定的收入。在他們看來，沒有這些作為保證，根本就不配談愛情。請大家認真想想，如果人人都信奉金錢萬能，這將帶來甚麼後果呢？哈佛大學桑德爾教授指出：「我們生活的時代，似乎一切都可以拿來買賣。這種買賣邏輯不僅應用於商品上，而且正逐漸掌控着我們的生活。」當人的生命中一切美好的事物，例如愛情、自由和公平，都可以貼上價格標籤出售的時候，它們會不會就跟着變質了呢？馬克思的批判方法正是啟發人們用自己的頭腦去思考這個世界，主動地去建構屬於自己的生活方式和心靈世界。

親愛的朋友們，美好生活永遠都是從奮鬥中得來的。這樣的生活不應該為金錢所掌控，而應該是人的自由創造過程。我們適時地與拜金主義、消費主義進行隔離，就是不要讓人的生命「化為愚鈍的物質力量」，在專注於利益法則時，弄丟了

自己的靈魂。

　　中國共產黨人繼承了馬克思的批判事業，開創了中國社會主義的新局面，也引領中國在新時代創造更加美好的生活。這樣的生活是以馬克思的批判為前提的生活，因而是超越了資本邏輯控制的生活，是崇尚自由個性與自我實現的生活。

　　當下的我們不但要使理想趨於現實，也要使現實趨於理想。精神之光照進現實世界，我們才會發現不同的價值和意義。人不要淪為金錢的奴隸，不應被「物的依賴性」所同化，而是要始終擁有一個開放的、批判的精神世界。在這個精神世界裡，關於世界與自我的真相始終存在。

　　從出生到死亡，有太多的東西遮蔽着人的眼睛，令他與真相越來越遠。但人始終要站立於現實的土地之上，在實際生活中塑造一個更加完美的世界。在這個精神世界裡，真理始終存在。我們不妨用馬克思的批判方法，去另眼看世界。撬開這個世界的另一扇大門，那裡的風景無限美好，只等着你來欣賞。

　　馬克思曾説：「最好是把真理比做燧石，──它受到的敲打越厲害，發射出的光輝就越燦爛。」用以敲打燧石的最好工具莫過於馬克思所提供的批判方法了。它不僅讓人看清這個世界，也讓人看透這個世界。

馬克思的批判方法具體指甚麼？

馬克思的批判方法很具有殺傷力，它能解剖現實，還原真相的能力就在於這八個字——「澄清前提，劃清界限」。

馬克思在進入政治經濟學批判的一開始，就對亞當·斯密和李嘉圖等人論述的出發點進行了懷疑。古典政治經濟學要考察交換行為的最初狀態或者原始狀態，於是設想了不同職業的兩個人，一個獵人和一個漁夫，獵人打獵吃野兔，漁夫捕魚吃魚。有一天他們想換換口味，獵人想吃魚，漁夫想吃兔子，於是他們開始進行交換。經濟學家發現，他們不是隨隨便便進行交換，而是遵循一定的規律和法則，那就是一隻野兔換三條魚，也就是說，在一隻兔子和三條魚之間包含着某種可以通約的東西，那就是等量的抽象勞動。經濟學家把他們的這一發現概括為一個規律，叫作等價交換規律。但馬克思批判道：經濟學家們，你們大錯特錯了，這哪是甚麼原始狀態的獵人和漁夫，分明是兩個現代資本家！因為等價交換只是當人類經濟生活發展到一定高度、發展到商品生產階段時，才成為可能。

我們想像一下，在原始狀態中，如果獵人想吃魚，漁夫會說，隨便拿；漁夫想吃野兔，獵人也會說，隨便

拿——這叫饋贈。但是饋贈意味着食物有盈餘，原始狀態沒有這麼浪漫，往往在饑荒的時候，沒有東西吃，獵人和漁夫之間會發動戰爭，直接搶奪食物，弱肉強食，勝者為王。馬克思說，獵人和漁夫，作為自然狀態和原始狀態中的人，他們要麼相互饋贈食物，要麼用叢林法則解決食物短缺問題，但就是不會等價交換。因此，馬克思的批判首先是澄清前提，即辨明現代經濟生活的前提不是自然狀態或原始狀態，而是商品生產及其特定階段的結果。這不僅澄清了前提，而且為現代經濟生活劃定了歷史的界限。這意味着現代經濟生活是具有前提和限度的歷史現象，因此正像它曾經的歷史生成一樣，它也將在歷史中歸於滅亡。

第十三章

觀察歷史的慧眼

1859年

唯物史觀

哲 人 說

人們在自己生活的社會生產中發生一定的、必然的、不以他們的意志為轉移的關係，即同他們的物質生產力一定發展階段相適合的生產關係。這些生產關係的總和構成社會的經濟結構，即有法律的和政治的上層建築豎立其上並有一定的社會意識形式與之相適應的現實基礎。

—— 馬克思：《〈政治經濟學批判〉序言》

1859年1月，倫敦還處於嚴寒之中，在大英博物館圓形穹頂圖書室，一位滿臉病容的「老人」正匍匐在桌上專心寫作，因為柏林出版商敦克爾一直在催促他交稿。最近幾年來，他幾

────── TIPS ──────

《政治經濟學批判》

《政治經濟學批判》是馬克思公開發表的第一部政治經濟學著作。寫成於 1857 年至 1858 年，1859 年出版。全書由三部分組成，即《序言》、《商品》章、《貨幣或簡單流通》章。

《政治經濟學批判〈導言〉》寫於 1857 年八九月。在《導言》中，馬克思全面、系統、深入地闡述了政治經濟學的研究對象和方法。受制於宏偉計劃的未果，馬克思在世時《導言》並沒有發表。1902 年，人們在馬克思的遺稿中發現了《導言》。1859 年，馬克思計劃中的《政治經濟學批判》第一分冊出版，馬克思為該書寫了序，即《政治經濟學批判〈序言〉》。

乎天天來這裡查資料、寫文章。肝病纏身，使得剛過 40 歲的他看上去蒼老了很多；貧困交加，讓他不得不撰寫各類文字來換取稿費養家。畢竟，他的朋友給他寄來的生活費又花完了，那位朋友就是恩格斯，而他，就是卡爾·馬克思。

1 月底，馬克思終於把他的書稿寄給了他的書商，這本書就是《政治經濟學批判〈序言〉》，《序言》雖然全文只有三千餘字，但它簡要回顧了馬克思自己的生平，並在第四段落着重闡明生產力決定生產關係、經濟基礎決定上層建築、人們的社會存在決定人們的社會意識等歷史唯物主義基本原理，揭示了人類社會發展的一般規律。它一經發表就確立了它在馬克思著作中的歷史地位，成了表達馬克思歷史唯物主義觀點的最經典文本。

就內容來講，唯物史觀的關鍵主題詞就是兩個詞——「唯物」和「歷史」。唯物指的是唯物主義，「歷史」指的是歷史規律和歷史發

展階段，「唯物」和「歷史」一經組合，就產生了巨大的影響；特別是對於中國的改革開放和現代化建設，唯物史觀發揮了重要的指導作用。接下來，我們主要討論以下幾個問題：

第一，《序言》體現了馬克思眼中關於歷史的「鏡像」與現實。

恩格斯在《路德維希·費爾巴哈與德國古典哲學的終結》中指出，「全部哲學，特別是近代哲學的重大基本問題，是思維與存在的關係問題」。這個問題也被稱為哲學基本問題。這個哲學的基本問題，關係到歷史唯物主義的基本根基，我們必須深刻認識。

唯心主義對不對呢？唯心主義與唯物主義的分歧究竟在哪兒呢？首先，我們認為，如果單純就理念論來講，唯心、唯物討論的並不是一件事，唯心主義討論的是概念的抽象能力，我們只有對外在進行抽象，才有可能跳出洞穴，提煉出理念。其次，唯物、唯心之爭討論的是一般和具體的關係，我們都是先有關於具體事物的知識，然後才形成關於具體事物的一般知識。真理來自生活經驗的總結與歸納，這是唯物主義的觀點，毫無疑問它是正確的。就如毛澤東同志指出的，如果不親自品嚐梨子，就不能知道梨子的滋味。同樣地，不親自下水游泳，只有關於游泳的所有知識，也同樣談不上「會游泳」。「實踐出真知」，關於世界的正確認識來自生活的檢驗。在馬克思看來，社會領域強調的是觀念和存在的關係，它要求我們穿透歷史的「觀念鏡像」，直達歷史的「現實存在」，也就是「社會存在」與「社會意識」的關係問題。

　　實際上，社會存在與社會意識問題才是唯物史觀的真正着力點，馬克思在《序言》中強調：「不是人們的意識決定人們的存在，相反，是人們的社會存在決定人們的意識。」這是甚麼意思呢？他的基本主張是，我們的社會觀念都是在一定經濟基礎上產生的，社會觀念本身沒有獨立性。我們看到，在歷史上，人們常提出不同的政治主張，並把這些主張說成是普遍的、全人類的要求。其實，很多主張都只不過是特定社會經濟利益的表述，「焦大是不會愛上林妹妹的」，不同社會經濟地位的人，他們的主張是不會一致的，也不存在代表一切人利益的普遍真理，這是馬克思唯物主義世界觀在社會歷史領域的具體說明。

　　當前，社會觀念越是紛繁複雜，馬克思的這一主張就越顯得尤為重要。馬克思認為，我們的一切社會觀念都不是獨立的、不是憑空產生的，它背後都反映了一定的社會經濟關係。因此，每當有人提出一些具體觀念時，我們不能從人們的意識、動機出發，信以為真，把它當作普遍的真理，而應該考察動機觀點背後的經濟利益、階級立場。當然，我們也應該認識到，當今社會之所以會出現各種紛繁複雜的價值觀念，背後的根源在於改革開放以來，我們社會出現了不同的階層，形成了不同的利益群體，他們往往對自己的利益形成了不同的話語表達，觀念的衝突背後反映的是利益衝突，要化解不同價值觀念的衝突，我們更應該回應不同階層的利益訴求，更好地做到讓改革開放成果惠及更多民眾，增強人民群眾的獲得感，這才是問題的根本解決之道。

　　第二，《序言》概括了馬克思的社會結構理論。

《馬克思傳》的作者戴維‧麥克萊倫曾説，馬克思的社會理論是 19 世紀最重大的思想成就之一。

由於有力地綜合了歷史、哲學、社會學和經濟學，馬克思的社會理論成為 19 世紀最重大的思想成就之一。當薩特稱馬克思主義是「我們的時代哲學」的時候，他認為馬克思的很多思想已經進入到（雖然是毫無意識地）我們在 20 世紀對世界的看法之中了。在某種意義上可以説，我們現在都是馬克思主義者。我們傾向於把人看作社會的人，而不是孤立的個體；隨着社會學的發展（這極大歸功於馬克思），我們得以研究改變和改善社會的種種方法；我們以歷史的觀點來正確評價經濟因素在人類發展中的中心地位；我們看到，在特定的時代，思想是與特定的社會經濟集團的利益聯繫在一起的；馬克思的批判已教會很多人看到資本主義制度的不平等和不公正現象，教他們至少要努力去減少這些現象。

在今天，馬克思的「人是社會關係的總和」已經成了人盡皆知的名言，但是在 19 世紀以前的歐洲，「人」還被當作一個抽象的、孤立的、在思想中存在的個體。恩格斯説：「馬克思發現了人類歷史的發展規律，即歷來為繁蕪叢雜的意識形態所掩蓋着的一個簡單事實：人們首先必須吃、喝、住、穿，然後才能從事政治、科學、藝術、宗教等等。」因此，「一切社會變遷和政治變革的終極原因，不應當到人們的頭腦中，到人們

對永恆的真理和正義日益增進的認識中去尋找，而應當到生產方式和交換方式的變更中去尋找；不應當到時代的哲學中去尋找，而應當到有關時代的經濟中去尋找。」

歷史唯物主義正是以現實的人的生活為出發點，探尋人類生產勞動和生產方式變動結構的歷史，以此為核心，構建起了關於人類社會結構的兩大關係：

一是生產力決定生產關係。「隨着新生產力的獲得，人們改變自己的生產方式，隨着生產方式即謀生的方式的改變，人們也就會改變自己的一切社會關係。手推磨產生的是封建主的社會，蒸汽磨產生的是工業資本家的社會。」同時，社會的物質生產力發展到一定階段，便同它們一直在其中活動的現存生產關係發生矛盾。如果生產關係不能隨着生產力的發展及時調整，便有可能阻礙生產力的發展甚至引發革命。這是歷史唯物主義在揭示社會歷史變化與制度變遷方面的經典論斷。

二是經濟基礎決定上層建築。「人們在自己生活的社會生產中發生一定的、必然的、不以他們的意志為轉移的關係，即同他們的物質生產力的一定發展階段相適合的生產關係。這些生產關係的總和構成社會的經濟結構，即有法律的和政治的上層建築豎立其上並有一定的社會意識形式與之相適應的現實基礎。物質生活的生產方式制約着整個社會生活、政治生活和精神生活的過程。」

對於當代中國來說，馬克思主義基本原理同中國實際相結合的一大寶貴經驗，就是正確處理好「經濟發展」與「社會發展」之間的關係，處理好經濟增長和改善民生之間的關係。老

百姓最關心的事情，是衣食住行、生老病死，是醫療、教育、住房和養老問題，它們都是馬克思唯物史觀的出發點。「以人民為中心」就是馬克思主義的基本立場。如果我們在經濟增速放緩的時候，能夠致力於調整生產關係和社會關係，那麼，就必定會為下一個階段經濟的大發展夯實基礎，從而產生新的生產和消費的增長點。

第三，《序言》描繪了「歷史怎樣在時間中穿行」的問題。

歷史不等於時間。20 世紀德國思想家伽達默爾在談論 19 世紀歷史的時候，認為那種關於 19 世紀開始於 1801 年、結束於 1900 年的觀點僅僅是描繪了 19 世紀的時間，而真正的 19 世紀的歷史，開端於 1831 年黑格爾去世、1832 年歌德去世，兩位思想家的去世標誌着「古典時代的結束」；同樣 19 世紀結束於 1914 年第一次世界大戰的全面爆發，中間這段時間的歷史，向我們揭示了人類社會從古典轉向現代的歷史過程。

馬克思審視歷史的線索則更為深刻。在 1845 年《德意志意識形態》中，馬克思曾以分工的歷史為核心線索，而在 1848 年《共產黨宣言》中，馬克思又說「一切社會的歷史都是階級鬥爭的歷史」，到了《序言》中，馬克思以生產方式的變動結構為核心線索，將人類歷史以經濟的社會形態進行分期，提出了後來為我們所熟知的原始社會、奴隸社會、封建社會、資本主義社會和共產主義社會五個階段，學界一般稱之為「五形態」或「五階段」理論。值得注意是，「五形態」理論主要適用於西歐社會，中國歷史發展過程中並沒有西歐嚴格意義上的奴隸社會、封建社會和資本主義社會。在解釋不同民族的歷史發展進

程的時候，一定要注意「五形態」理論中的跳躍、繞行等因素，具體問題具體分析。

《序言》中還指出：「無論哪一個社會形態，在它們所能容納的全部生產力發揮出來以前，是決不會滅亡的；而新的更高的生產關係，在它存在的物質條件在舊社會的胎胞裡成熟以前，是決不會出現的。」也就是說，舊的制度在充分發揮其生產能力之前是不會滅亡的，新的制度在物質條件成熟前是不會出現的。我們把這一說法簡稱為「兩個決不會」。「兩個決不會」理論對於我們正確認識當前社會主義建設的困難與發達資本主義國家的現狀具有重要指導意義。

我們以當代資本主義為例，按照傳統的論斷，資本主義是落後的垂死的腐朽的制度，資本主義必然滅亡；但第二次世界大戰以來，西方主要發達國家及時調整國家政策，既依靠科技進步大力解放生產力，又通過一系列社會福利措施緩和社會矛盾，資本主義實現了自我調整與完善，目前的資本主義還有一定的生命力，我們短期內還不一定能夠看到資本主義的滅亡。這就要求我們在對外交往中，必須堅持和平發展，不強求西方國家改變發展道路，主動適應世界經濟規則，在和平與發展的主題中實現自身的發展。

另一方面，我們應該看到，在世界範圍內，社會主義總體上還是一個新事物。我們要尊重新生事物的發展規律，社會主義總體上是在一窮二白的基礎上建立起來的，當前指望我們的社會主義全面超越資本主義是不切實際的。我們應該尊重新事物發展的過程，不能拔苗助長，提出一些超前的過「左」的政

治理論，提出不切實際的要求和口號，最終犯下急於求成的錯誤。

在人類歷史上，曾經出現過很多理想的政治形態，西方有「理想國」「上帝之城」「烏托邦」，中國古代有「大同社會」的理想，這些都是對理想社會的描述。它們和馬克思的歷史唯物主義描述的人類美好社會有甚麼區別呢？我們認為，它們和唯物史觀的根本區別在於它們缺乏社會現實根基，沒有唯物的基礎；更沒有科學的體系，不能像歷史唯物主義那樣環環相扣得出結論；這些主張反映了人類的美好願望，但缺少科學根基。

歷史唯物主義認識到社會發展規律，認識到生產力與生產關係這一對範疇決定了社會發展，它是決定社會變遷的根本秘密。正是有了這一對範疇，它才得以在紛繁複雜的世界中撥開迷霧，揭示社會生產的變化，在此基礎上揭示歷史發展的規律，在此基礎上提出理想的社會政治形式，這在其他學說中是

TIPS

馬克思主義獨特特徵

一般說來，提到馬克思主義，人們可能首先會想到馬克思主義一些重要特徵，比如：社會正義，人的自由，社會理想，階級鬥爭，暴力革命等。的確，如果我們仔細考察西方社會理論的發展史的話，就會發現，上述觀點都是馬克思主義的一個部分，但它們都不是馬克思主義的全部，而且持上述觀點之一甚至之二的社會理論也有很多，它們並非馬克思獨創。那麼，馬克思主義的獨特性究竟在哪呢？我們認為，馬克思主義的核心觀點就在於歷史唯物主義，就是《序言》三千字所揭示的內容。形象地講，唯物史觀把上述特徵串起來，使得馬克思主義既成為一個整體，又有科學依據。馬克思主義在唯物史觀科學真理的基礎上，追求社會正義、人的自由，以階級鬥爭、暴力革命為武器，爭取建立理想的社會狀態。正是有了唯物史觀，馬克思主義的諸特徵才具有生命力。

沒有的。這也是我們今天在學習《序言》、學習歷史唯物主義、追求理想社會形態時必須確立的基本認識，由此才能進一步認識馬克思主義的歷史地位 —— 歷史唯物主義在科學的基礎上指明了人類發展的道路與歷史發展的方向。

如何理解馬克思主義基本原理與中國實際相結合？

正確認識社會歷史發展階段理論，我們才可以更好地判定歷史發展的趨勢，更好地認識自己所處的歷史階段。1987 年，黨的十三大提出，我國當前正處於社會主義初級階段。這便是對我們所處歷史階段的正確科學判斷。

黨的十三大明確指出社會主義初級階段包括兩層含義：第一，我國社會已經是社會主義社會。我們必須堅持而不能離開社會主義。第二，我國的社會主義還在初級階段。我們必須從這個實際出發，而不能超越這個階段。所謂不能超越這個階段，正如鄧小平同志指出的，「社會主義本身是共產主義的初級階段，而我們中國又處在社會主義的初級階段，就是不發達的階段。一切都要從這個實際出發，根據這個實際來制定規劃」。正是在正確認識歷史階段的基礎上，我們才提出了社會主義初級階段的基本路線。

正是由於對社會主義初級階段的基本國情有了一個科學認識和正確把握，我們才得以成功地走出一條建設中國特色社會主義的新道路，使社會主義在中國顯示出蓬勃生機和活力，使社會主義現代化建設取得了舉世矚目的巨

大成就。習近平總書記在黨的十九大報告中指出，雖然我國社會的主要矛盾發生了新的變化，但是我國仍處於並將長期處於社會主義初級階段的基本國情沒有變。這對我們接下來更好地堅持改革開放具有深遠的指導意義。

2018 年是中國改革開放 40 周年，從生產力和生產關係的關係來看，改革開放就是變革生產關係推動生產力發展的鮮活案例。我們知道，四十年前黨的十一屆三中全會提出了改革開放的基本國策，它徹底否定以階級鬥爭為綱，否定了「文革」的錯誤做法，把黨和國家的工作重心轉移到以經濟建設為中心上來，我們國家的局面才發生根本好轉，才有了今天來之不易的良好局面和世界第二大經濟體的地位。如今，我們應該倍加珍惜改革開放以來所形成的良好局面，不折騰，堅決不走回頭路。社會主義的本質是解放和發展生產力，只有我們的生產力發展水平更高，我們才能建立更加堅定的制度自信，更加堅定地走中國特色社會主義道路。

另一方面，我們可以從生產力水平來判斷生產關係合理性。生產關係合理不合理，關鍵看它能不能促進生產力的發展。當前，我們的社會經濟發展取得了巨大成績，這就充分證明了我們的社會制度總體上是適應生產力發展的，而不是像有些人主張的，認為中國特色社會主義道路阻礙了生產力的發展，需要在根本上進行改變。這些主張片面批判我們的社會制度，盲目主張全盤西化，妄圖根本上改變我們的基本制度，這些觀點明顯是錯誤的，它們錯誤的根源就在於沒有全面掌握生產力、生產關係的辯證關係。

第十四章

使命責任重於山
1862年
革命導師

哲 人 說

在共產主義社會高級階段上，在迫使人們奴隸般地服從分工的情形已經消失，從而腦力勞動和體力勞動的對立也隨之消失之後；在勞動已經不僅僅是謀生的手段，而且本身成了生活的第一需要之後；在隨着個人的全面發展生產力也增長起來，而集體財富的一切源泉都充分湧流之後，──只有在那個時候，才能完全超出資產階級法權的狹隘眼界，社會才能在自己的旗幟上寫上：各盡所能，按需分配！

── 馬克思：《哥達綱領批判》

1862 年，馬克思 44 歲，這一年他的個人生活再度跌入低

谷。就在不久以前，福格特在德國的一些報紙上公開大肆污衊誹謗馬克思。馬克思本不想還以顏色，奈何這些攻擊在社會上造成了惡劣影響，於是馬克思打算訴諸法院討個公道。但法院卻以「罪證不足」剝奪了馬克思的起訴權，馬克思不得不暫時擱下手頭的工作，用文字作為武器來保衛自己。燕妮看到自己的愛人遭受到「卑鄙的攻擊」，感到極度痛苦，徹夜失眠，而後感染上了天花，馬克思不得不把子女們送到朋友李卜克內西家裡躲避一下。燕妮天花剛剛痊癒，馬克思又病倒了，由於精神極度焦慮導致急性肝病發作，病重期間雪上加霜的是，《紐約每日論壇報》把稿費降低了一半，馬克思的經濟狀況更加拮据了。已經長大成人的大女兒為了分擔父母的生活壓力，甚至打算背着他們去演戲以補貼家用。

　　這一年 7 月，就在馬克思最困頓的時候，他的朋友斐迪南·拉薩爾來倫敦馬克思的家中做客，一住就是好幾個星期。

斐迪南·拉薩爾（1825—1864）

當時房東因為馬克思欠下了很多房租，勒令其遷居並扣押了傢具和雜物。貴族出身的燕妮為了不讓拉薩爾看出家中的窘境，把所有能當掉的東西都送進了當舖，佈置了一些「表面上的排場」來招待拉薩爾。拉薩爾對此毫不知情，在馬克思家裡大吃大喝，以至於家中的助手琳蘅被這位客人的好胃口驚呆了，場面一度非常尷尬。那麼，這位拉薩爾先生究竟是甚麼來頭呢？

斐迪南·拉薩爾比馬克思小了七歲，出生於德國的一個猶太富商家庭，小時候是遠近聞名的「神童」。他也在柏林大學學習哲學，是馬克思的小學弟。這位小學弟比馬克思更加學霸，19 歲就獲得了哲學博士學位，畢業後當了律師。1848 年歐洲大革命期間，他投身於革命運動，曾經為馬克思領導的《新萊茵報》工作過，還一度被捕入獄，在此期間結識了馬克思，並尊稱馬克思為老師。但是，馬克思對這個學生的態度很複雜：一方面認可他的革命精神，另一方面又不滿於他喜好賣弄、張狂輕浮的個人性格。馬克思曾評價他道：「他是個專會說漂亮話的人，一個狂妄自大的人。」雖然拉薩爾當面十分尊敬馬克思，卻時常在背後以理論家自居，喜歡聽別人阿諛奉承自己。儘管他在讀博士期間攻讀黑格爾哲學，但對黑格爾哲學的認識又極為膚淺，經常寫一些哲學文章在貴族階級的美酒佳餚中獲得讚賞，並因此得意忘形，而在馬克思看來，這不過是「小學生的作文」，充滿了「誇誇其談的文體和爭強好勝的輕率」。

拉薩爾在一些學者當中由於他那本關於赫拉克利特的書而受到尊重，在一些寄生蟲當中則由於他的佳餚美酒而

受到讚許，於是就被這些蒙住了眼睛，自然不知道他在廣大公眾中的名聲是多麼不令人羨慕。此外，還有他那一貫自以為是的脾氣；他在「思辨概念」的世界中的留連（這傢伙甚至夢想創造一種雙料的新黑格爾哲學，並準備把它寫成書）；法國舊自由主義對他的感染；他那誇誇其談的習氣，以及糾纏不清和不知分寸，等等。

—— 馬克思致恩格斯（1861 年 5 月 7 日）

後來，當拉薩爾異想天開地計劃在柏林辦報紙，並提議他與馬克思同時出任總編輯時，馬克思深知拉薩爾的粗魯和輕率，面對他的強詞奪理和咄咄逼人的態度，建議只有在嚴格的紀律監督下拉薩爾才能擔任其中一位總編輯，否則只能是出醜。最後，辦報的事情也就不了了之。

1862 年之前，馬克思與拉薩爾處於一種微妙的關係之中，馬克思作為一位受人尊敬的師長，只是從性格和一些事實出發，批評拉薩爾的淺薄和虛榮心。這些批評的言辭有時比較直率尖銳，有時比較婉轉溫和，拉薩爾雖然心中不滿，但表面上還能接受。但就在 1862 年，兩人的關係徹底破裂了，具體原因有很多，比如馬克思要求拉薩爾幫助出版《政治經濟學批判》一書引起的個人糾紛等，但根本原因在於兩人在指導工人運動理論上存在重大分歧。

拉薩爾在馬克思家裡吃完飯，用餐巾抹着油膩的嘴巴，洋洋自得地談到他關於提高工人階級地位的方案：讓工人向國家借錢，依靠國家的幫助去建立合作社與企業。他認為，自己在

德國工人群體中享有很高的地位，是「德國工人運動的代表」，又與德國資產階級政要往來甚密，這樣的「天才計劃」一定能夠實現。馬克思勸他不要陷入幻想和胡鬧，資產階級國家不可能幫助工人實現這一目標，這不過是「一個開明的波拿巴主義者」的想法，建議他好好讀讀《共產黨宣言》。於是談話氣氛陡然緊張了起來，拉薩爾氣得暴跳如雷，高聲叫嚷，聲稱馬克思的文章「沒有市場」，沒人看得懂，也沒人願意看。連鄰居都被馬克思家中鬧出的動靜驚動了，跑來敲門問燕妮到底發生了甚麼事情。

最後，拉薩爾氣呼呼地離開了馬克思的家，動身返回了德國。馬克思認為拉薩爾已經無可救藥，與他斷絕了書信往來。後來馬克思寫信給恩格斯回憶起拉薩爾住在倫敦的這些日子時，笑稱可惜恩格斯沒能在場見證這些場景：「你只要來這裡住上幾天，就會有一整年的笑料。這就是我曾非常希望你來這裡

～～～～ TIPS ～～～～

「偉」人的內部鬥爭

燕妮在給恩格斯的一封信中回憶當時拉薩爾來訪的場景時說：「他像風一樣掃過我們的每個房間，如此大聲地斬釘截鐵說着話，打着手勢，把自己的嗓音提高到像濃稠的瀝青一樣，以至於我們的鄰居都被這種恐怖的嚷嚷嚇壞了，詢問我們發生了甚麼。這是在尖叫的不和諧中噴發出的『偉』人的內部鬥爭。」

的原因。這樣的機會不是每天都有的。」

恩格斯說過，馬克思一生有過很多敵人，「但未必有一個私敵」，他從來不會出於私心與某人為敵，他的敵人不是哪一個人，而是各種各樣不徹底的、有害的思潮與流派。對 19 世紀六七十年代的德國工人階級來說，毒害最大的就是拉薩爾主義。拉薩爾關於工人運動的主張，簡單說，就是希望資產階級國家和政府能與工人階級互相理解、互相幫助，工人幫助國家實現帝國的利益，國家幫助工人提高社會地位，看上去甜甜蜜蜜，「充滿了快活的空氣」。拉薩爾在德國工人階級中之所以享有較高的地位，是因為 19 世紀工人階級普遍文化水平不高，無法分辨不同理論之間的高低優劣，只能被一些通俗易懂、充滿美好幻想的思潮所吸引，這樣一來，拉薩爾的觀點就在無形中得到了不正當的吹捧。

而在馬克思看來，資本家不可能無條件地對工人「發善心」與讓步，資產階級與無產階級之間的矛盾是不可調和的，無產階級只有通過革命的方式取得政權，才能實現自己的利益。因此馬克思認為，如果德國工人階級信奉拉薩爾主義，並且選擇拉薩爾作為自己的領袖，情況就危險了。

事情並沒有如馬克思所願。一年之後，1863 年 5 月 23 日，德國第一個全國性的工人階級獨立的政治組織「全德工人聯合會」在德國東部第二大城市萊比錫成立，第一任主席正是這位拉薩爾先生。在大會成立前 11 天，拉薩爾宣稱他與一位國家政要之間通過親切會談，達成了共識，工人階級即將在資產階級的幫助下迎來春天。他甚至洋洋得意地說，這位大人物

根本不知道其實我佔了便宜，而他自己吃了虧，因為「我吃了櫻桃，而他卻吃下了石頭」。拉薩爾口中的這位大人物，就是赫赫有名的「鐵血宰相」俾斯麥。只不過，俾斯麥的政治手腕比拉薩爾高出許多，他利用與拉薩爾的「表面合作」，既控制了工人運動，同時又約束了自由資產階級，可謂「一石二鳥」。

　　拉薩爾埋下的惡果在七年之後爆發。1871 年 1 月 18 日，德國在戰爭和鐵血中實現了統一，俾斯麥隨即頒佈了《非常法案》，取締嚴重威脅資產階級統治的社會民主黨，鎮壓國內工人運動，集中力量對外擴張，把這塊「石頭」吐了出來，狠狠地砸向了工人階級。但是即便如此，拉薩爾主義的政治主張依然在黨內流行。1873 年爆發的世界經濟危機席捲了整個德國，造成工人失業，階級矛盾激化。為了團結起來，加強力量，1875年，德國兩大工人階級政黨在小城哥達合併，一個是德國社會民主工黨，因為在德國中部的愛森納赫城成立，所以又稱愛森納赫派，以馬克思主義為指導；一個就是全德工人聯合會，拉薩爾在其中發揮了重要作用，因此又稱拉薩爾派。

　　馬克思、恩格斯從不反對兩黨合併，但強調愛森納赫派千萬別拿原則作交易。然而在 1875 年 3 月中旬的一天，恩格斯帶來的消息，讓馬克思大吃一驚──他們的學生、戰友，當時愛森納赫派的骨幹李卜克內西負責起草了一個合併綱領草案，這是一份在馬克思與恩格斯看來充滿了徹頭徹尾拉薩爾主義觀點的綱領，是「會使黨的精神墮落的綱領」。馬克思為此抱病寫了《德國工人黨綱領批注》，但是為了當時工人階級的聯合行動，只是將該文在原愛森納赫派的個別領導人中進行傳閱，

TIPS
《哥達綱領批判》

《哥達綱領批判》是馬克思論述未來社會的主要著作。在這部著作中，馬克思第一次提出了從資本主義到共產主義過渡的理論，提出了共產主義社會要分為初級階段和高級階段的「兩個階段」理論。馬克思指出：「在資本主義社會和共產主義社會之間……有一個政治上的過渡時期，這個時期的國家只能是無產階級的革命專政。」其分配方式也主要是以等量勞動領取等量產品的按勞分配原則，這是共產主義社會的初級階段。在這一階段中，社會還有一些「弊病」和不成熟的地方，還有這樣或那樣的缺陷，但它們「是不可避免的」，「權利永遠不能超出社會的經濟結構以及由經濟結構所制約的社會的文化發展」，有著客觀必然性。這部著作中闡述的認識未來社會的方法論和科學社會主義基本原理，對我們建設中國特色社會主義具有根本指導意義。

沒有公開。可是，李卜克內西等人最終沒有聽進馬克思的意見，一味地遷就與合併，雖然一時壯大了隊伍，卻使黨的思想理論水平嚴重下降。直到 1891 年，為反擊拉薩爾主義的抬頭，恩格斯才將該文以《哥達綱領批判》為題首次公開發表。

拉薩爾的背叛行徑和他在全德工人聯合會中的個人獨裁作風，日益激起有覺悟的工人的不滿，他的個人聲威也在逐漸下降。他對這種狀況感到厭惡和消極，第二年 7 月乾脆扔下了政黨，獨自跑到瑞士休養去了。在瑞士期間，拉薩爾遇到了一位美女 —— 17 歲的海倫娜·寶尼蓋斯。可惜這位美女已有婚約在身，她的未婚夫是一位高貴的爵士，但拉薩爾仍然堅信自己遇到了愛情，對她展開狂熱的追求，甚至乾脆與她的未婚夫進行決鬥，最終腹部中彈，三天後因搶救無效死於日內瓦，年僅 39 歲。他最終為自己的輕狂、好勝與自負付出

了生命的代價。在 1864 年 9 月 7 日致恩格斯的信中，馬克思說道：

> 拉薩爾的不幸遭遇使我在這些日子裡一直感到痛苦。他畢竟還是老一輩近衛軍中的一個，並且是我們敵人的敵人。而且事情來得太突然，使人難以相信，這樣一個愛吵愛鬧、非常好動、不願安寧的人現在卻永遠無聲無息，不再言語了。至於造成他死亡的原因，你說得完全對。這是他一生中許多次輕率行為中的一次。無論如何，使我感到痛心的是，近幾年來我們的關係變暗淡了——當然，這是他的過錯。另一方面，使我感到很欣慰的是，我沒有受來自各個方面的挑撥的影響，在他的「得意年代」一次也沒有反對過他。
>
> 真見鬼，我們這一夥人，變得越來越少了，又沒有新人增加進來。

革命運動無兒戲，使命責任重於山。馬克思作為無產階級革命導師，深知革命任務的複雜與艱巨。他沒有像拉薩爾一樣，一味地譁眾取寵、賣弄學問，以獲得虛張聲勢的個人滿足；而是堅持革命原則的徹底性，儘管這種徹底性在一定程度上是以不太討人喜歡的方式呈現出來的。良藥苦口利於病，忠言逆耳利於行，導師的諄諄教誨可能會言辭犀利、直指要害，但對於學生來說，沒有甚麼比這種教誨更有利於個人成長了，因為恰恰是那些批評的意見，才對你有所幫助，對於那些無聊的捧

殺之詞，千萬不要放在心上。「道我惡者為我師，阿諛我者是吾賊」，對於革命事業是這樣，對於個人的成長同樣如此。在我們尊稱馬克思為革命導師的時候，我們也要對自己人生中的良師益友們道一聲：「謝謝！」

除了拉薩爾，馬克思還批判過哪些錯誤的思潮呢？

　　馬克思還主要批判過蒲魯東的小資產階級社會主義和巴枯寧的無政府主義。這裡對蒲魯東主義的思想與危害作簡單介紹。

　　蒲魯東是法國人，出身貧寒，自學成才。1840 年，31 歲的蒲魯東發表了題為《甚麼是財產？》的小冊子，提出了「財產就是盜竊」的觀點，蜚聲於世。1846 年發表了《貧困的哲學》一書，系統地闡述了他的「互助主義」的觀點，即把無政府主義和改良主義拼接到一起，在當時的法國影響很大。蒲魯東主義有如下基本主張，一是既反對按資分配，又反對按勞分配，要求在勞動者「自願」的基礎上，實行財產在形式上的絕對的平均分配；二是在他看來，資本主義和共產主義各自都有缺陷：資本主義沒有平等，共產主義沒有獨立，「平等」和「獨立」的合題是「自由」，「自由」社會就是以「個人領有」為基礎的「互助制」社會；三是主張「絕對自由」，否認一切國家和權威，主張取消政府，建立一個無政府的社會。

　　蒲魯東的觀點有着許多自相矛盾的混亂邏輯：其一，他主張普遍自由，但又認為婦女是家庭的附屬

品，男子家長才有自由；其二，他主張絕對自由，但又
贊同和支持死刑。其三，他主張廢除一切國家和政府，但又
希望向政府祈求援助；其四，他主張反對一切權威，但他又要
求自己就是絕對的權威。如此等等。

當馬克思看到蒲魯東寫的《貧困的哲學》一書時，認為它
「是一本壞書，一本極壞的書」，並立即着手對這種有害思想進行
批判。1847年，馬克思寫了《哲學的貧困》，對蒲魯東主義進行
了徹底的、辛辣的、暢快淋漓的批判。其中有一段馬克思寫道：

「每一種經濟關係都有其好的一面和壞的一面；只有在這
一點上蒲魯東先生沒有背叛自己。他認為，好的方面由經濟學
家來揭示，壞的方面由社會主義者來揭發。他從經濟學家那裡
借用了永恆關係的必然性這一看法；從社會主義者那裡借用了
使他們在貧困中只看到貧困的那種幻想。他對兩者都表示贊
成，企圖拿科學權威當靠山。而科學在他的觀念裡已成為某種
微不足道的科學公式了；他無休止地追逐公式。正因為如此，
蒲魯東先生自以為他既批判了政治經濟學，也批判了共產主
義；其實他遠在這兩者之下。説他在經濟學家之下，因為他作
為一個哲學家，自以為有了神秘的公式就用不着深入純經濟的
細節；説他在社會主義者之下，因為他既缺乏勇氣，也沒有遠
見，不能超出（哪怕是思辨地也好）資產者的眼界。

他希望成為一種合題，結果只不過是一種結合的錯誤。

他希望充當科學泰斗，凌駕於資產者和無產者之上，結
果只是一個小資產者，經常在資本和勞動、政治經濟學
和共產主義之間搖來擺去。」

第十五章

誰與我生死與共

1866年

偉 大 友 誼

哲 人 說

在這些日子裡，我之所以能忍受這一切可怕的痛苦，是因為時刻想念着你，想念着你的友誼，時刻希望我們兩人還要在世間共同做一些有意義的事情。

——馬克思致恩格斯的信，1855 年 4 月 12 日

　　1866 年 2 月，在《資本論》第一卷完工前夕，馬克思忍着疾病發作的痛苦，每日通宵達旦地工作。恩格斯對此擔憂萬分，給馬克思寫信道：「萬一你出了甚麼事情，整個運動會怎樣呢？如果你這樣一意孤行，事情必然要弄到這個地步。說真的，在我使你不陷入這種境遇以前，我日夜不會平靜；每天，

只要得不到你的消息，我就忐忑不安，以為你的病又惡化了。」

　　作為馬克思主義的共同創立者，馬克思與恩格斯可謂是史上最強「組合」。兩人在青年時期相識於巴黎，中年時期保持了長達 20 年的不間斷的通信，到了晚年兩人成為鄰居，經常在週末攜家人共同郊遊。馬克思去世後，恩格斯無微不至地關心照顧馬克思的後人。他們這艘友誼的小船乘風破浪，最終成為無堅不摧的航空母艦。他們一路都是追隨者無數、膜拜者無窮，但兩個人從未猜忌或懷疑過彼此的坦誠與真心。中國文化裡形容朋友之間友誼的，例如莫逆之交、刎頸之交、生死之交、君子之交、金蘭之交、肺腑之交、知音之交等這樣的詞彙，用在馬恩的偉大友誼上面，一點都不為過。

　　這裡，我們不禁要問，馬克思和恩格斯的友誼為何會成為千古佳話？是甚麼原因讓他們能夠保持如此長時間的彼此信任與毫無羈絆的交流呢？原因有二。

　　首先，兩人彼此的理想信念、人生志向驚人地一致，並且都有淵博的學識和快速的學習能力。兩人在巴黎促膝長談時，就已經將彼此視為真正的知己了。我們知道馬克思用了大半生時間研究寫作《資本論》，《資本論》最初的素材就是《1844 年經濟學哲學手稿》，而這部手稿的寫作，靈感直接來自恩格斯的《政治經濟學批判大綱》。在《手稿》開頭的部分，馬克思可以說完全是接着恩格斯關於英國工人階級生存狀況的介紹繼續寫的。毫不誇張地說，正是恩格斯把馬克思從法哲學和政治哲學帶向了政治經濟學的領域，並在哲學上「得出同我一樣的結果」。兩人合作的《德意志意識形態》就是一部清算「從前的哲

學信仰」的著作，並在彼此信仰的落腳點──共產主義上，兩人的見解幾乎完全一致。

馬克思的天才自不必多言，他對恩格斯的能力也是讚不絕口。在《新萊茵報》時期，每天都有大量的文章稿件工作，恩格斯不知疲倦，效率奇高，馬克思誇讚道：「他真是一部百科全書。白天也好，夜裡也好，吃飽了也好，空着肚子也好，隨便甚麼時候他都能工作，文章寫得飛快，機靈得出奇。」正是出於這種發自肺腑的欽佩，當恩格斯由於《新萊茵報》事件被通緝時，儘管馬克思的朋友們都勸他離恩格斯遠一些，但當馬克思打聽到了恩格斯的下落後，又是寄錢又是寫信，信中這樣說：「我能把你丟開不管嗎？哪怕是一會兒，那也是純粹的幻想，你永遠是我的最知心的朋友，正像我希望的我是你的最知心的朋友一樣。」而恩格斯在給他的母親回信中說，「關於馬克思，我不再說些甚麼了，如果他像你在信中所寫的那樣做的話──對此我從未有過絲毫懷疑──那麼他已做到他能做的一切，為此我對他表示衷心的感謝。」自此之後，任誰再挑撥他們，要他們為自己的安全或其他利益着想而離開彼此，都沒有成功過。

其次，為了無產階級的解放事業，馬克思和恩格斯都傾盡了一生的心血，作出了很大的犧牲。他們都為這項近乎是殉道者的事業付出太多、犧牲太多。馬克思為了搞清楚資本家賺錢的秘密，以讓工人看清整個資本主義的發展趨勢，專心伏案寫作，但他的工作經常為家庭的瑣碎事務所打亂。恩格斯則在財務上大力支援馬克思，可以說，對於馬克思一家而言，恩格斯

TIPS

馬克思一貧如洗的生活

我們可以從馬克思寫給恩格斯
的信中，看到馬克思一貧如洗
的生活：

「一個星期以來，我已達到非常
痛快的地步：因為外衣進了當
舖，我不能再出門，因為不讓
賒賬，我不能再吃肉。」

「我的妻子病了，小燕妮病了，
琳蘅患有一種神經熱，醫生我
過去不能請，現在也不能請，
因為沒有買藥的錢。八至十
天以來，家裡吃的是麵包和土
豆，今天是否能夠弄到這些，
還成問題。」

兩人的信件中最常見的恰恰是
這樣的文字：

「親愛的摩爾：
附上十英鎊，這是英格蘭銀行
的兩張銀行券。」
　　　　　　——恩格斯

「親愛的弗雷德：
十英鎊收到，非常感謝。」
　　　　　　——馬克思

的資助是至關重要的。沒有恩格斯
數十年如一日的無私援助，馬克思
生活的困苦將難以想像，那麼他也
就無法將他的偉大才能發揮得淋漓
盡致。

1850 年 11 月，恩格斯決定重
新回到營業所工作，他前往曼徹斯
特，在他的家族企業「歐門—恩格
斯」公司裡做起了辦事員。為此，
他還遭到盧格、維利希等人的挖苦
諷刺、粗暴攻擊。但恩格斯絲毫不
在意這些，他深知，馬克思之於無
產階級的意義是任誰也比不了的。
憑着恩格斯的非凡才華，他從一名
辦事員做起，1860 年之後成為了
公司的代理人，1864 年就成為了
公司股東。剛開始做辦事員的時
候，恩格斯的工資還很低，也沒能
拿出多少錢來支援馬克思。但常常
是每個月甚至是每個星期，恩格斯
寄來的一英鎊、兩英鎊、五英鎊或
更多的匯票對馬克思一家來說都非
常重要。二十年來，恩格斯寄給馬
克思的錢，總額達到了三千英鎊，

這在當時幾乎是一個天文數字。

為了能夠有更多的收入支持馬克思的工作，恩格斯不能長久地和他的志同道合的朋友們在一起，而是常常不得不同一些他看不慣的人周旋，遵守表面的禮節，過着兩重生活。這對他來說，無疑是痛苦的。

面對慷慨解囊的恩格斯，馬克思經常陷入一種深深的內疚和負罪感中。因為他知道，恩格斯同樣具有從事研究的天才能力，只是為了馬克思的生活，不得已去做那些他自己不願意做的經商工作。恩格斯的文筆極富邏輯和條理，文章語言優美、曉暢明白，並具有令馬克思讚賞的善於抓住複雜問題之本質的能力。馬克思在給恩格斯的一封信中這樣寫道：「坦白地向你說，我的良心經常像被夢魘壓着一樣感到沉重，因為你的卓越才能主要是為了我才浪費在經商上，才讓它們荒廢，而且還要分擔我的一切瑣碎的憂患。」

TIPS

馬克思還在一封信中這樣對恩格斯說：「你可以相信，我寧願斬斷自己的大拇指，也不想給你寫這封信。一想起一個人有半輩子要靠別人生活，簡直叫人灰心喪氣。支持我這樣做的唯一的思想，是我們兩人在經營一件合夥的事業，而我是把我的時間用在這一事業的理論的和黨的方面。」

馬克思、恩格斯和馬克思
的三個女兒燕妮、勞拉和
艾琳娜

但恩格斯卻毫不抱怨、心甘情願。對此，馬克思始終心懷感激，在他最愛的兒子身患重病時，馬克思寫信給恩格斯説：「我真不知道怎樣感謝你對我的友誼，感謝你為我進行的工作，感謝你對這孩子的關心。」在馬克思埋葬了自己最親愛的兒子之後，他對恩格斯説：「在這些日子裡，我之所以能忍受這一切可怕的痛苦，是因為時刻想念着你，想念着你的友誼，時刻希望我們兩人還要在世間共同做一些有意義的事情。」

馬克思去世後，留給世人的除了已經出版和再版的《資本論》第一卷，還有關於《資本論》第二卷、第三卷的大量手稿。正是在這些手稿的基礎上，恩格斯替馬克思出版了《資本論》的後兩卷。為此，他擱淺了自己的著作《自然辯證法》的撰寫工作。此時的恩格斯也已經 63 歲了，他自己對這項工作也有許多擔憂。因為馬克思潦草的筆記常常連恩格斯也很難辨認清楚，更何況要把它匯總成一個系統的書籍出版。但這項工作也只有恩格斯一個人能做到。不久他就因為整理《資本論》病倒了，這令他非常擔心，他在一封寫給拉甫羅夫的信中就説道：「因為現在活着的人只有我才能辨認這種筆跡和個別字以及整個句子的縮寫。」由於恩格斯舊病復發，醫生已經禁止他再這樣拚命工作了。但他還是特意請了一名助手來記錄他口述的手稿內容，而且還是從早上 10 點鐘工作到下午 5 點鐘。

其實，手稿中最難的部分還不是辨認馬克思的字跡。馬克思的原稿中有些部分非常重要，但只有一個大綱，還有一些片段也會反覆出現在好幾個地方。這就需要恩格斯比較、推敲，甚至補充、修訂，以便讓馬克思的思想連貫一致。這項工作無

疑是頗費功夫的，沒有對馬克思原稿的高超把握和理解，是完全做不到的。但恩格斯做到了，而且他非常樂意做這項工作。他在寫給貝克爾的信中説：「要整理馬克思這樣每一個字都貴似黃金的人所留下的手稿是需要花費不少勞動的。但是，我喜歡這種勞動，因為我重新又和我的老朋友在一起了。」

列寧曾評價説，《資本論》第二卷、第三卷應該説是馬克思和恩格斯兩人共同的著作。但恩格斯絕不貪功，他自己就謙虛地説，與馬克思相比，他只是「第二小提琴手」，只是配角。他曾説：「我一生所做的都是我預定要做的事情——我演的只是配角——而且我想我還做得不錯。我高興我有馬克思這樣出色的主角……誠然，在風平浪靜的時候，有時事件證實正確的是我，而不是馬克思，但是在革命的時期，他的判斷幾乎永遠是正確的。」

請不要帶着人類的淺薄去認識這對生死之交。世上有多少明爭暗鬥、貌合神離的組合，充斥着各自的利益、私慾和算計，友誼的小船説翻就翻。他們支撐不了多久就各奔東西，甚至反目成仇。唯有馬克思和恩格斯，褪去世間的一切浮華，為着共同的事業和理想，播撒萬點光和熱。人生得一二知己，已是萬幸。遠離觥籌交錯、聲色犬馬的名利場，與知己相伴，同喜同悲，足以抵達幸福的彼岸。

我們試着捫心自問：

如果馬克思是我們的朋友，可他長期生活困頓，你會慷慨解囊，乃至支持他一家的生計，只為了他能夠持續創作嗎？

如果你也有相當不凡的才華，你會甘居第二，甚至犧牲自

己的時間去成全他的才華嗎？

　　如果他遭人誤解、歪曲，你會奮力維護嗎？

　　如果他遭遇了最大的不幸，你會給予他最及時、最真切的關懷嗎？

　　如果你身邊的所有人都要你遠離他，你會不離不棄嗎？

　　常言道：「道不同，不相為謀。」馬克思和恩格斯都不是純粹的書齋裡的學者，而是革命者，志在「改造世界」。恰恰是共同的事業和理想追求，讓這對在許多方面都天差地別的朋友產生了奇妙的化學反應，各自迸發出人生的燦爛火花。

馬克思和恩格斯兩人的
性格如何呢？

許多人以為馬克思和恩格斯的友誼萬古長青，他們兩人的性格應該很相似。其實恰恰不然。馬克思和恩格斯具有截然不同的性格。

恩格斯冷靜、自律，總是衣冠整潔，是一位非常具有管理頭腦的企業家，能夠把各種瑣事安排得井井有條。他經常在白天出入工廠或在營業所、交易所裡辛苦勞作，晚上則學習語言、閱讀各種書籍報刊，並且替馬克思寫作、修改文章、翻譯書稿。恩格斯極具語言天賦，「能磕磕巴巴地用二十幾種不同的語言演講」。馬克思為《紐約每日論壇報》寫的稿子用的都是德語，他都先把稿子寄給恩格斯，恩格斯幫他翻譯成英語之後，再寄往美國的報社。恩格斯在自然科學和軍事學上極具天賦，人稱「將軍」。

馬克思則熱烈、不拘小節、不修邊幅。他腦海中經常噴薄出無數思想的火花與宏偉的計劃，但往往寫作時卻半途而廢，時常需要恩格斯不斷地提醒和鞭策。馬克思這種極富創造力的性格，經常把個人生活搞得亂七八糟，

　　需要燕妮、琳蘅不同程度地幫他打理。他所傾注精力最多的領域則是哲學和政治經濟學。馬克思在他看完關於某個問題的全部書籍並把所有反對意見考慮清楚之前，是絕不會認為這個問題已經解決了。他總是寫下大量的研究手稿供自己閱讀，卻無意發表它們。恩格斯也勸他不要過於嚴謹，並建議他出於理論宣傳的需要，寫作時心裡要有讀者和聽眾。

馬克思和恩格斯兩個家庭之間有甚麼往來呢？

中國文化裡有個說法叫「再世之交」，說的是與朋友家庭父子兩代人都成為好朋友。在馬克思一家看來，恩格斯和他的伴侶瑪麗都是他們所有人的朋友。馬克思的女兒們甚至稱呼恩格斯為她們的「第二父親」。每次恩格斯來訪，都會給孩子們帶來禮物。全家都像過節一樣高興。

1852 年新年期間，恩格斯又來了，他們一起度過了一個美好的、愉快的夜晚。第二天，馬克思雖然身體有些不適但仍然決定送恩格斯到車站。他們在路上進了一家酒吧去喝啤酒。但疲勞過度的馬克思回到家就感冒臥床了。恩格斯到曼徹斯特聽說之後，特意寫信給燕妮表示歉意。但燕妮毫無怨意地回信道：「您怎麼能夠認為我為了一次小小的縱酒而生您的氣。我非常遺憾的是，在您離開之前沒有再看到您，否則您自己就會確信，我只是對我的太上皇有些不滿。總之，這樣的特殊事件通常會得到非常有益於健康的效果；而這一次馬克思老爹必定是在同『大主教的侄子』進行夜間哲學漫遊時得了重感冒，因為他病得很厲害，直到現在還躺在床上。」

從這裡我們可以看到，恩格斯與馬克思一家相處得十分融洽。

但「人有悲歡離合，月有陰晴圓缺」。1855 年 4 月，因為馬克思最喜愛的兒子埃德加爾的病逝，一家人都遭受了沉重的打擊，悲傷之情籠罩整個家庭。恩格斯給馬克思去信，也傾訴了他的無限悲痛之情。為了讓馬克思夫婦的悲痛稍有緩解，恩格斯特意把他們接到了曼徹斯特。

馬恩這麼牢固的友誼，難道就沒有一點波折嗎？

通觀馬克思和恩格斯幾十年的交情，有且只有一次發生過小小的不愉快。

1863 年 1 月 7 日，恩格斯的伴侶瑪麗去世了，恩格斯向馬克思發電報告知了這一變故。馬克思的回信顯得輕描淡寫，毫不在意。恩格斯大為失望，過了很久才回信：「你自然明白，這次我自己的不幸和你對此的冷冰冰的態度，使我完全不可能早些給你回信。我的一切朋友，包括相識的傭人在內，在這種使我極其悲痛的時刻對我表示的同情和友誼，都超出了我的預料。而你卻認為這個時刻正是表現你那冷靜的思維方式的卓越性的時機。那就聽便吧！」

馬克思收到信後懊悔萬分，趕緊回信解釋道：「從我這方面說，給你寫那封信是個大錯，信一發出我就後悔了。然而這決不是出於冷酷無情。我的妻子和孩子們都可以作證：我收到你的那封信（清晨寄到的）時極其震驚，就像我最親近的一個人去世一樣。而到晚上給你寫信的時候，則是處於完全絕望的狀態之中。在我家裡呆着房東打發來的評

價員，收到了肉商的拒付期票，家裡沒有煤和食品，小燕妮臥病在床……」

恩格斯讀了來信，對馬克思的困境感同身受，立即原諒了他：「對你的坦率，我表示感謝。你自己也明白，前次的來信給我造成了怎樣的印象……我接到你的信時，她還沒有下葬。應該告訴你，這封信在整整一個星期裡始終在我的腦際盤旋，沒法把它忘掉。不過不要緊，你最近的這封信已經把前一封信所留下的印象消除了，而且我感到高興的是，我沒有在失去瑪麗的同時再失去自己最老的和最好的朋友。」於是兩人冰釋前嫌、和好如初。

第十六章

資本主義病危書
1867年
鴻篇巨著

哲 人 說

對資本主義生產方式的科學分析卻證明：資本主義生產方
式是一種特殊的、具有獨特歷史規定性的生產方式；它和
任何其他一定的生產方式一樣，把社會生產力及其發展形
式的一定階段作為自己的歷史條件，而這個條件又是一個
先行過程的歷史結果和產物，並且是新的生產方式由以產
生的現成基礎；同這種獨特的、歷史規定的生產方式相適
應的生產關係 —— 即人們在他們的社會生活過程中、在他
們的社會生活的生產中所處的各種關係 —— 具有獨特的、
歷史的和暫時的性質。

—— 馬克思：《資本論》（第三卷）

　　1867 年 4 月中旬的一天，倫敦通往漢堡的航線上，狂風大作，呼嘯的海風捲起洶湧的海浪拍擊着輪船，船上的桌椅噔噔作響。馬克思緊緊靠着船舷上的欄杆站着，他暈船，但他還是和幾個旅客聚在一起飲酒作樂、相談甚歡，他感到船上有趣的生活相當愉快。這也難怪，畢竟，在倫敦「離群獨居」、閉關寫作《資本論》（第一卷）接近二十年後，他終於滿意地將它交付出版。這一刻，如他自己形容的那樣，「痛快得無以復加」，雖然他曾預言，這部著作甚至不會給他帶來寫作時吸香煙的錢。

　　如果他能穿越到 2008 年 10 月 17 日法蘭克福的一家書店——「卡爾·馬克思書店」，他將不得不承認，他對這部鴻篇巨著的銷量過於悲觀。因為這一天，《資本論》（第一卷）在這家書店宣告暫時脫銷。就在大約一個月前，2008 年 9 月 14 日，美國第四大投資銀行雷曼兄弟申請破產，前後僅半年時間，華爾街排名前五的投資銀行垮掉了三家，新一輪世界經濟危機由此拉開序幕。一個半世紀前出版的《資本論》再次成為人們尋找危機根源的指引，它揭示的資本主義社會的經濟運動規律仍然對當代資本主義有充分的解釋力。事實上，據統計，《資本論》是除了《聖經》之外，有史以來最暢銷的書籍。聯合國教科文組織將《資本論》（第一卷）列入《世界記憶名錄》，這部著作屬於「人類的記憶」。

　　《資本論》包含三卷，約二百三十萬字，這大約相當於一個人完成了二十本今天中國的社會科學類的博士學位論文，這部巨著從開始研究到完成撰寫，馬克思用了他近半生時間。馬克思說：「我為了為工人爭得每日八小時的工作時間，我自己就

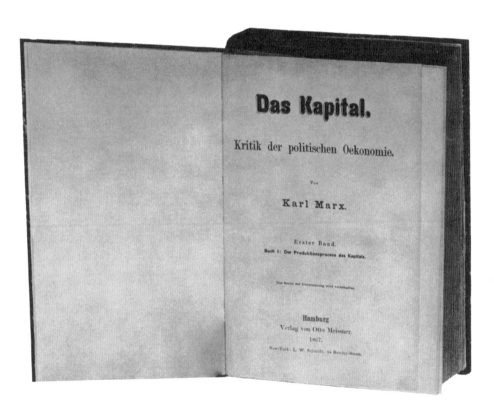

1867 年 在 漢 堡 出 版 的
《資本論》(第一卷)第 1
版扉頁

得工作十六小時」，由於長期營養不良、夜間緊張工作，一種叫做「癰」的病痛復發嚴重，「差一點送了命」，他在 1866 年 2 月 10 日對恩格斯說：「『坐』自然談不上，這在目前對我說來還很困難，白天哪怕只有短暫的時間，我也還是躺着繼續苦幹。」而今天，八小時工作制成為了一項默認的社會制度。

馬克思為何如此重視《資本論》的寫作？從理論角度看，歷史唯物主義理論的建立和社會主義從空想到科學的發展須以政治經濟學科學理論作為基礎。在《資本論》完成之前，人類社會必然要用社會主義代替資本主義這一結論都只被看作是一種科學假說或者高尚的價值追求，為了使這一結論得到充分論證，必須對資本主義制度本身有深刻的理解。從社會現實角度看，據 1834 年的統計，利物浦工人的平均壽命只有 15 歲。19 世紀 40 年代，法國工人的平均壽命不超過 30 歲，並且工廠中大量存

TIPS

《資本論》是一個藝術的整體

馬克思說，「不論我的著作有甚麼缺點，它們卻有一個長處，即它們是一個藝術的整體」。《資本論》包含三卷，必須把三卷貫穿起來理解，才能完整把握馬克思對資本主義社會從產生到未來走向的動態剖析。對《資本論》的學習，決不能僅限於閱讀第一卷。恩格斯指出：「馬克思的整本書都是以剩餘價值為中心的。」第一卷的主題是資本的生產過程，中心是分析剩餘價值的生產問題；第二卷的主題是資本的流通過程，中心是分析剩餘價值的實現問題；第三卷的主題是資本主義生產總過程，中心是分析剩餘價值在不同階級之間的分配問題。雖然《資本論》採取了這樣的行文順序，但是馬克思在研究時採用的是「由後向前」思索的方法，先從具體的現象出發，像解剖人體一樣，先劃開分配過程這層「皮」，再剝掉流通過程這層「肉」，由表及裡，一直深入到「骨骼系統」（直接生產過程）。

在雇用童工的情況，許多工人每天需要勞動達 18 個小時，工人厭惡勞動、搗毀機器、遭受懲罰的狀況屢見不鮮。這些歷史材料説明的情況，與恩格斯在《英國工人階級狀況》一書中描繪的工人勞動慘狀相比，可以説有過之而無不及。為甚麼大多數人付出了艱辛的勞動，生活處境還是那麼艱難？這個疑問，盤桓於中學時就立志為人類幸福而工作的馬克思心中。古典政治經濟學認為依靠「看不見的手」，人們就可以過上美好生活；啟蒙運動主張要實現「自由、民主、平等」；但反觀現實，都是別人家的美好生活，別人家的「自由、民主、平等」，那時的「別人家」，就是指當時的少部分人——資本家階級。現實和理論出現了強烈的悖離。而在《資本論》（第一卷）出版的約一個半世紀後，參與「佔領華爾街」運動的人們又抗議道：「我們代表 99% 的人口，反對那些掌握 40% 財富的 1% 的人！」歷史總是驚人地相似。無怪乎《資本論》在 2008 年金融危機爆發後再度熱銷。

馬克思在《資本論》中是如何揭露資本家剝削工人的奧秘的呢？在資本主義經濟中，廣大工人沒有生產資料，可是每個人都得吃飯、穿衣、養活家庭以及嚮往過上美好生活，於是，工人就只有出賣自己的勞動力。而作為少數人的資產階級，運用他們手中的資本，購買生產資料、雇用工人，進行生產。對於資本家來説，一個工人沒有了，還有千千萬萬個工人，更何況，還可以通過使用機器來替代工人；而對於工人來説，他們除了出賣自己的勞動力之外，別無選擇。馬克思問，工人朋友們，你們有沒有想過在每天辛苦「搬磚」的那麼多個小時中，

有多少個小時是為維持自己和家人的生活而工作，又有多少個小時是為資本家在戰鬥？假設，維持勞動者自己和家人一天的生活只需要付出 6 個小時的工作，但是勞動者每天必須得工作 10 小時甚至更多，原因為何？因為多出來的 4 小時是在為資本家生產價值，這就是剩餘價值。於是資本家犯了狂想病，假設工人工作 6 個小時工資是 24 元，工作 10 小時工資也是 24 元，如果可能的話，資本家希望工人可以一天工作 25 小時、一年工作 366 天。這樣，資本家獲得的剩餘價值就更多了。這種通過延長勞動時間榨取的剩餘價值，稱之為絕對剩餘價值。經過工人階級的長期鬥爭，八小時工作制成為現實。但是，通過提高工作強度、引進先進的機器設備等方法提高勞動生產率，使得在工作日長度不變的條件下，實際上縮短了必要勞動時間、相應延長了剩餘勞動時間，這同樣可以產生剩餘價值，通過這種方式

TIPS

古典政治經濟學

古典政治經濟學產生於西歐資本主義形成時期，在英國從威廉·配第開始，經亞當·斯密發展，到李嘉圖結束；在法國從布阿吉爾貝爾開始，到西斯蒙第結束。勞動價值論最早是由古典政治經濟學提出的，而不是馬克思。該理論提倡自由放任，認為通過自由競爭的市場機制就能實現資源的最優配置，從而提高社會整體福利。

〰〰〰〰 TIPS 〰〰〰〰

商品的二重性

商品是由使用價值（Value in use）和價值兩個因素構成的。要成為一個商品首先需要具有使用價值。使用價值就是一個物滿足人們某種需要的有用性。例如，麵包可以充飢、房子可以居住、手機方便聯繫他人等。如果抽去製作麵包、建造房子、生產手機所花費勞動的具體形式，這些勞動都是人類勞動力的耗費，都是人的體力和智力的生產耗費，從這種抽象的層面上來說，生產使用價值的勞動力是沒有差別的。凝結在麵包、房子、手機中的無差別的人類勞動形成價值實體。一部手機能交換多少個麵包？即，一部手機的交換價值（Value in exchange）是多少？現代西方經濟學認為可以用兩種商品給人帶來的滿足程度，即效用，來決定這個交換比例。但是，同一種商品給人帶來的滿足程度不可計量，並且，手機和麵包交換之後，才能產生消費，之後，消費者才能體會到商品給他帶來的滿足程度，交換在前，消費在後，所以以消費商品後取得的滿足程度來衡量交換比例是前後顛倒的、是不符合現實邏輯的。馬克思的觀點是甚麼呢？這個交換比例是以生產手機和麵包的價值量，即生產手機和麵包所耗費的社會必要勞動時間，為交換基準的。

產生的剩餘價值，稱之為相對剩餘價值。是甚麼賦予了資本家採取何種方式組織生產的權力？馬克思指出，原因在於生產資料掌握在資本家手中，這不僅決定了一個社會的生產方式，也決定了一個社會的分配方式。

恩格斯說：「自地球上有資本家和工人以來，沒有一本書像我們面前這本書那樣，對於工人具有如此重要的意義。資本和勞動的關係，是我們現代社會體系所依以旋轉的軸心，這種關係在這裡第一次作了科學的說明。」正因為如此，馬克思在漢諾威校對《資本論》（第一卷）清樣的一個多月時間裡，他驚訝地發現，在「有教養的」官場中，他與恩格斯的影響很大，他們的學識才能使人們十分佩服。德國首相俾斯麥專門派了一位律師來拜訪和拉攏馬克思，希望馬克思利用自己的天才為德國人民謀福利，而馬克思回絕了這個邀請。

馬克思認為資本家攫取了剩

餘價值，使得資本家積累了財富，而工人階級積累了貧困，這是資本主義經濟危機週期性爆發的原因。工人越來越貧困，造成相對需求不足，或者説供給相對過剩。

作為資本家，他只是人格化的資本。他的靈魂就是資本的靈魂。而資本只有一種生活本能，這就是增殖自身，獲取剩餘價值，用自己的不變部分即生產資料吮吸盡可能多的剩餘勞動。資本是死勞動，它像吸血鬼一樣，只有吮吸活勞動才有生命，吮吸的活勞動越多，它的生命就越旺盛。工人勞動的時間就是資本家消費他所購買的勞動力的時間。如果工人利用他的可供支配的時間來為自己做事，那他就是偷竊了資本家。

——馬克思：《資本論》

（第一卷）

———— TIPS ————

勞動力商品的特殊性與剩餘價值

勞動力是一個特殊的商品。勞動力也稱勞動能力，是「人體中存在的、每當生產某種使用價值時就運用的體力和智力的總和」。雖然，它和其他商品一樣都具有使用價值和價值，但是，它的使用價值具有特殊的性質。其他一切商品的使用價值在使用之後就不能再創造任何價值了，例如麵包被食用之後其使用價值就消失殆盡了。而勞動力的使用價值可以通過延續勞動時間來繼續創造價值，當把勞動時間延續至足夠長，勞動力創造出的價值大於資本家付給他的工資時，就產生了剩餘價值。馬克思說「時間的原子就是利潤的要素」。剩餘價值就是勞動者在生產過程中所創造的，被資本家無償佔有的，超過勞動力價值的那一部分價值。

　　一個為人所熟知的歷史事件是：1929 年至 1933 年世界經濟大蕭條中資本家將過剩的牛奶倒入密西西比河。資本家生產牛奶的初衷並不是為了自己飲用，而是為了追逐利潤；工人階級缺乏購買能力，於是出現了牛奶相對過剩但又只能倒掉的現象。1932 年 9 月《幸福》雜誌估計，美國有約佔全國總人口28% 的人無法維持生計，1931 年，僅紐約一地記錄在案的餓死街頭的案件就有兩萬餘起。為甚麼不把牛奶分給工人們呢？這時，資本家卻對工人說：天下沒有免費的午餐。馬克思認為，商品生產出來還不能成為到手的利潤，要成為真金白銀，還需要商品賣得出去，按照這種工人越來越貧困的趨勢推算，商品總是會出現相對過剩的，因此，馬克思把商品出售環節稱為「驚險的跳躍」。有一個有趣的故事。小女孩問她父親：「家裡為啥這麼冷啊？」她父親說：「咱家沒有煤了。」小女孩又問：「為啥沒有煤？」她父親答道：「我失業了。」小女孩繼續追問：「那為甚麼你失業了？」她父親回答道：「因為煤太多了。」

　　資本家為了抵禦這一「驚險的跳躍」的風險，引入了消費信貸，資本通過在消費領域的擴張，將原本已經分配給勞動者的、由勞動者自己爭取而來的剩餘價值又吸收了回去，勞動者好不容易分享到勞動果實，瞬間在高昂的物價和貸款利息面前消失殆盡。

　　「如果有 20% 的利潤，資本就會蠢蠢欲動；如果有 50%的利潤，資本就會冒險；如果有 100% 的利潤，資本就敢於冒絞首的危險；如果有 300% 的利潤，資本就敢於踐踏人間一切的法律。」資本為了追逐利潤，總是有能力提高生產力，「資產

階級在它的不到一百年的階級統治中所創造的生產力，比過去一切世代創造的全部生產力還要多，還要大……過去哪一個世紀料想到在社會勞動裡蘊藏有這樣的生產力呢？」但是，面對如此龐大的生產力，工人的購買力卻不足，原因就在於前文所述的生產資料私有制，所以，資本有它天使的一面，也有它魔鬼的一面。資本的天使，使人類社會能衝破落後的封建社會枷鎖；資本的魔鬼，則使它成為自己的枷鎖。所以，資本主義社會不是從來就有的，也不會永遠持續下去。這就是馬克思給資本主義社會下的「病危通知書」。

經過一個半世紀以後，資本主義依然存在，於是，一些人對《資本論》的科學性產生了疑問。馬克思是個預言家，他預言的是資本主義的歷史趨勢和未來走向，可他不是算命先生，不可能為資本主義的終日確定一個時間表。實際上，資本主義一個半世紀以來發生了很多變化，例如引入「看得見的手」、進行股權分享、實行高福利政策，可以説，《資本論》中描述的那種資本主義的喪鐘即將敲響，只不過通過各種修正手段，資本主義試圖自我修復，但每一次修正都更加説明了資本主義社會距離《資本論》中所描述的資本主義 1.0 版本更加遙遠。

《資本論》的出版是人類科學史上的重大事件。1871 年 4 月 25 日，李卜克內西寫信告訴馬克思：「在全德國人們都在讀着根據你的《資本論》所作的關於剩餘價值和標準工作日的報告。」當工人運動老戰士列斯納在大會上宣讀從《資本論》中摘出的語錄時，全場熱烈鼓掌。在 1919 年，李大釗撰文説：「從前的經濟學，是以資本為本位，以資本家為本位。以後的經濟

學，要以勞動為本位，以勞動者為本位了。」

《資本論》從無產者的立場解釋世界，振聾發聵。四年後，法國人民想要改變世界，1871 年春的巴黎，一場革命就要來臨。

《資本論》究竟偉大在哪裡？

《資本論》的偉大，並不僅僅是因為馬克思為它傾注了半生的心血，以及艱苦卓絕的寫作經歷，更重要的是馬克思關切人民疾苦的社會情懷、理論思想的光輝和對世界發展的影響。從馬克思的社會情懷來看，古典政治經濟學以研究國民財富如何增加、如何分配，以促進財富增加為重點，而馬克思撰寫《資本論》的出發點是對當時西歐發達國家的大多數人惡劣的工作和生活狀況的體察，為大多數人發聲，而當時的大多數人就是工人階級。

從理論思想的光輝來看，古典政治經濟學指出了價值是勞動創造的，但是沒有區分勞動的二重性——具體勞動和抽象勞動。具體勞動即勞動的具體形式，例如農民種糧食，需要使用鋤頭、拖拉機等農具，經過耕種、播種、收割等一系列具體勞動，才能從土地上把糧食生產出來；抽象勞動就是一般人類勞動的耗費。如果把勞動的具體形態撇開，生產活動就是人類勞動力的耗費，都是人的腦、肌肉、神經、手等的生產耗費。

馬克思從勞動二重性出發，找到了剩餘價值的存在，並以此為基石，揭示了資本家無償佔有工人剩餘勞

動，從而造成資本家財富的積累和工人階級的貧困。馬
克思找到了當時大多數人生活疾苦的根源。正是基於此，馬
克思指出這種社會運轉模式是不可持續的，資本主義社會不是
永恆的，這是古典政治經濟學沒能到達的高度。可見，《資本
論》在對古典政治經濟學繼承和批判的基礎上，對經濟學理論
作出了邊際貢獻。

　　從對世界發展的影響來看，由於《資本論》建立了剩餘價
值學說，使得社會主義從空想變成了科學。正如恩格斯所說，
關於剩餘價值來源問題的解決，「是馬克思著作的劃時代的功
績。它使社會主義者早先像資產階級經濟學者一樣在深沉的黑
暗中摸索的經濟領域，得到了明亮的陽光的照耀。科學的社會
主義就是從此開始，以此為中心發展起來的」。

第十七章

國際歌由此誕生

1871年

巴 黎 公 社

哲 人 說

工人的巴黎及其公社將永遠作為新社會的光輝先驅而為人稱頌。 它的英烈們已永遠銘記在工人階級的偉大心坎裡。 哪些扼殺它的劊子手們已經被歷史永遠釘在恥辱柱上, 不論他們的教士們怎樣禱告也不能把他們解脫。

——馬克思:《法蘭西內戰》

起來,飢寒交迫的奴隸!

起來,全世界受苦的人!

滿腔的熱血已經沸騰,

要為真理而鬥爭!

舊世界打個落花流水，

奴隸們起來，起來！

不要說我們一無所有，

我們要做天下的主人！

……

這是最後的鬥爭，團結起來到明天，

英特納雄耐爾就一定要實現！

這是最後的鬥爭，團結起來到明天，

英特納雄耐爾就一定要實現！

　　這就是傳唱世界的《國際歌》。說起它的由來，就必須提到 1871 年的巴黎公社。《國際歌》的詞作者歐仁‧鮑狄埃就是巴黎公社的一名幸存戰士，他熱情謳歌了巴黎公社戰士的崇高理想和英勇不屈的革命精神。馬克思曾寫過一部經典著作《法

| 歐仁‧鮑狄埃（1816—1887）|

蘭西內戰》，就是總結巴黎公社的經驗教訓。

1870 年秋天的某個夜晚，暴風雨席捲了整個英格蘭島。馬克思在他的書房裡來回踱步。恩格斯坐在一旁，沉默不語。他們所牽掛的正是遠在倫敦四百多公里之外的巴黎。此時，普法戰爭已見分曉。悍然發動戰爭的法國皇帝拿破崙三世已經成了德國人的階下囚。憤怒的巴黎市民奔走呼號，高呼要打倒帝制。但以梯也爾為首的反動政府卻要和俾斯麥簽訂割地賠款的和約。

馬克思已經預料到，這個反動政府必然會背叛巴黎市民，到時整個法國都將無還手之力。他通過成立於 1864 年的國際工人聯合會即第一國際發出號召，要法國工人行動起來保衛他們的祖國，保衛巴黎。事件果然朝着馬克思所預想的方向發展。

1871 年 3 月 18 日，對於巴黎來說注定是一個不眠之夜。清晨，梯也爾把臨時政府的軍隊調到

─────── TIPS ───────
歐仁·鮑狄埃

法國革命家，工人詩人。他出身於法國的一個工人家庭。13 歲做徒工，14 歲便寫下了《自由萬歲》的鬥爭詩篇。鮑狄埃參加過 1848 年法國二月革命，組織工會，參加第一國際，並成為第一國際巴黎支部聯合會的委員。巴黎公社期間，鮑狄埃先後擔任了國民自衛軍中央委員會委員、二十區中央委員會委員、公社委員，曾被稱為「最熱情的公社委員之一」。在英勇抵抗的「流血週」，鮑狄埃右手殘廢但仍堅持戰鬥到最後一天。

巴黎北部的蒙馬特爾高地和梭蒙高地，企圖奪取國民自衛軍的417 門大炮。搬運大炮的動靜驚醒了附近的居民，他們的行蹤暴露，人們到處敲響警鐘。當晚，國民自衛軍控制了巴黎政府機關以及塞納河上的橋樑，梯也爾倉皇出逃凡爾賽。工人們取得了勝利，整個巴黎迴蕩着「公社萬歲」的高呼聲，響徹雲霄，自由的旗幟在市政廳的上空高高飄揚。無產階級第一次奪取了政權。

此時的馬克思已是知天命之年，鬚髮也已經灰白了。巴黎，這個馬克思在他的流亡生涯中曾三次居住過的地方，這個使他成長為共產主義者的地方，現在令他焦急萬分。他和他的朋友恩格斯一直密切關注着巴黎以及巴黎公社的全部動向。

勝利的消息傳來，馬克思的擔心終於稍有緩解。雖然公社未能充分把握時機徹底消滅反革命勢力，馬克思仍然從中嗅到了危險的存在；但公社的革命力量使他備受鼓舞，將他的疑慮一掃而空。他激動地在一封信中寫道：「這些巴黎人，具有何等的靈活性，何等的歷史主動性，何等的自我犧牲精神！在忍受了六個月與其說是外部敵人不如說是內部叛變所造成的飢餓和破壞之後，他們在普軍的刺刀下起義了，好像法國和德國之間不曾發生戰爭似的，好像敵人並沒有站在巴黎的大門前似的！歷史上還沒有過這種英勇奮鬥的範例！」

那麼，讓馬克思推崇備至的巴黎公社到底是一個怎樣的存在呢？由工人階級管理的巴黎，又與資產階級統治的巴黎有甚麼不同呢？

馬克思盛讚道，巴黎公社奇跡般地改變了整個巴黎的面

貌。資產階級的第二帝國所統治的那個荒淫無度的巴黎已經消失得無影無蹤了。「法國的京城不再是不列顛的大地主、愛爾蘭的在外地主、美利堅的前奴隸主和暴發戶、俄羅斯的前農奴主和瓦拉幾亞的封建貴族麕集的場所。在陳屍場內一具屍首也沒有了，夜間搶劫事件不發生了，偷竊現象也幾乎絕跡了。自從 1848 年 2 月以來，巴黎街道第一次變得平安無事，雖然街道上連一個警察也沒有。」公社第一個措施就是建立人民武裝以取代常備軍和警察，後者不過是統治人民的暴力機器。就此人民做了公社的真正主人。多年積存的遍佈巴黎各個角落的垃圾，幾乎一夜之間就被清理完畢，在巴黎公社管理巴黎的短短幾天中，巴黎第一次乾淨整潔、夜不閉戶，麵包的供應從來沒有發生短缺。在整個公社的存在期間，也沒有發生一起刑事案件。貧民窟裡的窮人搬進了富人的住宅，公社實行了義務教育和免費教育，還為勞動婦女的孩子建了託兒所、幼兒園，婦女勞動也同工同酬。為工人所接管的巴黎，是一個代表着人類社會新方向的巴黎。

為甚麼無產階級接管的巴黎會發生如此巨大的變化呢？馬克思在他的經典著作《法蘭西內戰》中詳細分析了這一人類有史以來新的政治形式。巴黎公社令曾經處於社會底層、受壓迫和剝削最為嚴重的工人第一次用實際行動證明了，無產階級完全可以靠着自我管理建造一個完全不同的國家，這個國家形式打碎舊的國家統治機器。巴黎公社的鬥爭經驗表明：人類完全有能力為了共同利益，自覺自願地組織起來。馬克思激動地說：「想知道甚麼是無產階級專政嗎？這就是！」對無產階級專

政一無所知的人，一聽到這個詞就馬上與「專制」「獨裁」聯繫起來，其實這是對這個詞最大的誤解，也是對馬克思的共產主義思想最大的誤解。巴黎公社的偉大成就已經向我們展示了這個詞所蘊含的巨大創造力。

但很遺憾，巴黎公社僅僅存在了 72 天就被反動階級圍剿了。它在被迫與外省隔絕的情況下，同裝備精良的政府軍戰鬥了 72 天。俾斯麥釋放了十萬名法國戰俘，填到梯也爾的軍隊裡去。大軍將巴黎團團包圍，公社的戰士們不得不與敵人展開異常激烈的街壘戰。戰士們最終於拉雪茲公墓與政府軍決一死戰，但無奈寡不敵眾。在最後的保衛戰中，公社戰士高呼「公社萬歲」，紛紛倒在了敵人的槍林彈雨中。隨後，梯也爾下令在一週之內槍殺巴黎城內兩萬名手無寸鐵的男人、婦女和兒童。

梯也爾政府不僅大肆屠殺手無寸鐵之人，而且還惡意污衊他們破壞巴黎的塑像、繪畫和建築，說他們是土匪、縱火犯。其實，在巴黎公社期間，象徵着拿破崙叔侄二人帝國權力的旺多姆紀念柱被工人們推倒了。為了反擊梯也爾的攻擊，工人們在縱火燒毀那些干擾他們防禦的房子之前，也會提前通知人員撤離。這並不像梯也爾政府所惡意攻擊的那樣不堪。梯也爾政府還將縱火都視為女性所為，所以他們才在破城之後瘋狂屠殺婦女。

對反動派的卑劣行徑，馬克思怒不可遏。他說：「在現代最驚心動魄的這場戰爭結束後勝敗兩軍聯合起來共同殺戮無產階級這樣一個史無前例的事件，並不是像俾斯麥所想的那樣，證明正在崛起的新社會被徹底毀滅了，而是證明資產階級舊社

會已經完全腐朽了。」

對巴黎市民的英勇抵抗，馬克思給予了最高頌揚。他說：「巴黎全體人民——男人、婦女和兒童——在凡爾賽人攻進城內以後還戰鬥了一個星期的那種自我犧牲的英雄氣概，反映出他們事業的偉大。」但是，隨着巴黎工人和市民被殺戮，資產階級的投機者們迎來了大繁榮的時代，而工人們卻繼續忍受飢餓、病痛，遭受着比以往更為殘酷的剝削。

偉大的巴黎公社雖然失敗了，但它的功績不可磨滅。公社成員高揚國際主義精神，把工人運動的事業推向了高潮。歐仁·鮑狄埃的《國際歌》就充分展現了那些深受剝削、壓迫、折磨的勞苦大眾一樣可以聯合起來，形成巨大的威力，開創人類社會的全新歷史。馬克思曾宣稱，「工人的巴黎及其公社將永遠作為新社會的光輝先驅受人敬仰。它的英烈們已永遠銘記在工人階級的偉大心坎裡」。馬克思毫無疑問是國際主義戰士的光榮代表，他也是那個大時代的弄潮兒，用自己的思想影響着同時代的革命者和後繼者。可以說，沒有馬克思，國際工人運動就不會如此聲勢浩大，也就不會有巴黎公社這樣創造歷史奇跡的偉大時刻出現了。

巴黎公社意義非凡。1917 年的俄國「十月革命」正是吸取了巴黎公社失敗的慘痛教訓，才沒有在關鍵時刻「掉鍊子」，堅決防止了外部資本主義帝國的集體侵略和內部反動政權的陰謀顛覆，並取得了偉大勝利。正是那些生活在資本主義社會最底層的人們紛紛湧向歷史舞台的最前沿，才展示出了自己改造社會、創造歷史的巨大力量。馬克思也是在巴黎公社的感召下，

TIPS

「英特納雄耐爾」的精神

正是由於響應了馬克思和恩格斯在《共產黨宣言》中「全世界無產者，聯合起來！」的號召，工人的世界聯合曾在 19 世紀和 20 世紀掀起攪動全球的巨浪。所有受資本家壓榨的工人不分民族、國界和種族，走到一起反抗資本主義，謀求更加符合人性的理想社會。「英特納雄耐爾」（International）的精神就是無產階級大聯合的國際主義精神。即使今天的我們已經遠離那個無產階級解放運動高潮風起雲湧的年代，但只要世界上還有人受到剝削、壓迫和其他不公正的待遇，這個精神就是震撼人心的，也是永世長存的。

一再表明他所堅持的共產主義不是甚麼烏托邦，而是現實的運動，它正是起源於我們對人類的野蠻、未開化以及不合理的當下的一點一滴的改進，起源於人們在絕望中依然心存信仰和希望。

朋友們，當你鬱鬱寡歡的時候，當你不知人生的方向要往哪兒走的時候，不妨高唱一曲《國際歌》。它的歌詞也凝聚了馬克思的靈魂，彷彿是他在向我們呼喊：「不要說我們一無所有，我們要做天下的主人！」

提問角

巴黎公社與馬克思的共產主義社會理想是甚麼關係呢？

　　馬克思所設想的社會是一個超越資本主義階段的新社會，巴黎公社可以說是這個新社會的胚芽。這個新社會不是要維護私有制，也不是要改變私有制，而是要消滅私有制。這樣的新社會不是要掩蓋階級對立，而是要消滅階級對立，直到消滅階級本身。改良是沒有任何用處的，只有通過革命改造的方式創立一個沒有剝削、沒有階級對立的新社會。巴黎公社正是創立新社會的第一步。馬克思更是直接道出了巴黎公社得以存在以及之所以偉大的秘密所在，那就是「它實質上是工人階級的政府，是生產者階級同佔有者階級鬥爭的產物，是終於發現的可以使勞動在經濟上獲得解放的政治形式。如果沒有最後這個條件，公社體制就沒有實現的可能，就是欺人之談。生產者的政治統治不能與他們永久不變的社會奴隸地位並存。所以，公社要成為鏟除階級賴以存在、因而也是階級統治賴以存在的經濟基礎的槓桿。勞動一解放，每個人都變成工人，於是生產勞動就不再是一種階級屬性了」。從這裡我們就可以看出，巴黎公社並不是烏托邦，它要從勞動解放這一根本

基礎入手，為創立新社會準備物質的、精神的等一切必
要條件。

　　當然，從資本主義的胎胞裡孕育的第一個無產階級政權還
具有鮮明的過渡性質。它還不能達到馬克思所設想的共產主義
社會。但是，巴黎公社正是朝向這一理想的起步階段。我們從
它的一系列行動就可以看得出來。巴黎公社打破了中央集權的
國家政權，它取消了常備軍、警察局、官僚機構、教會等，因
此警察也就不再是中央政府鎮壓人民的工具，而是成為隨時可
以罷免的工作人員，接受人民的監督。中央政府的職能就由這
些「嚴格承擔責任的勤務員」來承擔。由此，公社實現了「廉
價政府」的口號，實行了真正的民主制度。它還想要把土地和
資本這些原本用作奴役和剝削工人勞動的生產資料，變為自由
的、聯合勞動的工具，因此它可以從根本上取消生產勞動的階
級屬性。這些政策和行動能激起資產階級的反對和攻擊，正是
因為它們擊中了資本主義的要害，工人已經找到了代替資本主
義社會的政治形式。

如何學習馬克思把握時代大事件的高超本領呢？

偉大事件的發生，總會有一些人能夠精準地把握時勢，在事件還未拉開帷幕的時候就預言它的到來，在事件剛剛過去之時就能理解它的價值和意義。馬克思正是這樣的人。他比「密涅瓦的貓頭鷹」飛得還高，看得還遠。在大時代面前，我們可以向馬克思學習他分析事件的高超本領。

首先，我們可以學習他用深邃的目光一眼穿透歷史的現象迷霧，看到事物的本質的本領。馬克思早在戰爭之初就預言了戰爭的結局。他說：「波拿巴的最終失敗，或許會引起法國革命，而德國人的最終失敗則只能使現狀再持續二十年。」他運用歷史唯物主義方法的科學性以及科學理論的力量和預見性，分析社會的複雜現象，把握歷史發展的脈絡和未來方向。這種才能，馬克思在《路易‧波拿巴的霧月十八日》這篇文章中有初次展現；在《法蘭西內戰》中更是發揮得淋漓盡致。正如恩格斯所說，馬克思能夠在「偉大歷史事變還在我們眼前展開或者剛終結時，就能正確地把握住這些事變的性質、意義及其必然結果」。

　　其次，我們還要學習他永遠保持「審慎地樂觀」的心態。在普法戰爭中，工人階級又該如何行動？馬克思對工人力量一直保持審慎的態度，但從沒有失去希望，而是對工人運動保持樂觀。雖然他在巴黎公社正式成立兩週之後就預見到了這場鬥爭的結局，但他還是說：「工人階級反對資本家階級及其國家的鬥爭，由於巴黎人的鬥爭而進入了一個新階段。不管這件事情的直接結果怎樣，具有世界歷史意義的新起點畢竟是已經取得了。」

　　再次，我們還可以學習馬克思勇於道出真理的勇氣。《法蘭西內戰》是巴黎公社經驗與教訓的正式總結，控訴了資產階級野蠻鎮壓的行徑。第一版第一次印刷的書，兩天之內就銷售一空。倫敦幾乎所有報紙都發表社論或評論文章，對馬克思進行責難，並要向法庭控告他。但馬克思反而對倫敦資本家的極度驚恐感到高興，他的回應是：「對這幫惡棍我一點也不在乎。」

　　新時代，是屬於我們的大時代。如何成為這個大時代的弄潮兒呢？我們的時代也是瞬息萬變，滄海桑田。人工智能、大數據等新的認識工具層出不窮，我們又該如何運用這些新事物把握歷史發展的方向、創造新的未來呢？每個人都身處「大時代」的洶湧大潮之中，也都在創造着屬於自己的小時代。或許，掉進「小確幸」裡的我們，真該向馬克思取取經了。

第十八章

活化石也有春天
1877年
轉 向 東 方

哲 人 說

極為相似的事變發生在不同的歷史環境中就引起了完全不同的結果。如果把這些演變中每一個都分別加以研究，然後再把它們加以比較，我們就會很容易地找到理解這種現象的鑰匙；但是，使用一般歷史哲學理論這一把萬能鑰匙，那是永遠達不到這種目的的，這種歷史哲學理論的最大長處就在於它是超歷史的。

——馬克思：《給〈祖國紀事〉雜誌編輯部的信》

1877 年 10 月的倫敦，金黃色的樹葉開始飄落，歐洲即將進入漫長灰色的冬季。一天，馬克思像往常一樣喝着咖啡看報

俄國民粹派

俄國民粹派是俄國小資產階級政治派別，他們自稱是人民的精粹，所以稱為「民粹派」。俄國 1861 年農奴革命後，農民同地主和沙皇制度的矛盾日益激化。一批代表農民利益的平民知識分子，走上了民主革命的道路，逐漸形成「民粹派」。

紙，當他看到一份俄國報紙時，勃然大怒道：「真是荒唐！他這樣做，與其說是給我過多的榮譽，不如說給了我過多的侮辱。」這篇文章的作者是俄國民粹派分子米海洛夫斯基，該文對《資本論》作了曲解，認為根據馬克思的有關論述，俄國必然摧毀農村公社，走資本主義道路。馬克思對俄國人這種引經據典、照搬教條地解讀《資本論》的方式非常不滿意。

這一年，他停止了《資本論》的研究和寫作，所以《資本論》沒能按照他的計劃最終寫完。究其原因，直到今天，學術界仍然感到有許多困惑和不解。但是不能忽視的一個原因是，醫生給了他一個嚴格的醫囑，絕對禁止他每天工作超過四個小時，但是，「身體和靈魂總有一個要在路上」，馬克思從來沒有停止思考人類社會發展的規律。

《資本論》及其手稿中探討了從封建社會到資本主義社會，再到共產主義社會的歷史發展過程，那

麼，封建社會前的人類社會歷史發展過程是怎樣的呢？馬克思有一句著名的話，即「人體解剖對於猴體解剖是一把鑰匙」。簡單說來，就是「體察當下，反觀歷史」，人體解剖學發展了之後，才有各種動物解剖學。馬克思中止了《資本論》的寫作後，轉而撰寫和整理了篇幅巨大的「人類學筆記」和《歷史學筆記》，漢譯本總共兩百多萬字，這些筆記探討了從亞細亞生產方式到古代社會，再到封建社會的歷史發展過程。至此，將「人類學筆記」、《歷史學筆記》和《資本論》及其手稿串聯起來，描繪出了「亞細亞生產方式—古代社會—封建社會—資本主義社會—共產主義社會」的宏大人類歷史發展畫卷。作為一個已近暮年的垂垂老者，馬克思講述了一個關於人類社會歷史全貌的故事。

《資本論》的第一個外文譯本是俄文版，1872 年 3 月在俄羅斯出版，在俄國引起強烈反響，尤其受到進步青年的追捧。有趣的是，起初有些人擔心沙皇獨裁的審查可能會禁止該書，但是審查機構判斷這本書「艱澀，而且幾乎不能理解」，以至於得出結論說「很少有人願意讀它，理解它的人就更少了」。審查機構判斷錯誤，事實上，俄文版比任何版本都賣得好，有時候甚至包着《新約》的書皮在讀者間相互傳閱。

但是，《資本論》在俄國引起了知識分子間關於俄國發展道路觀點的分歧。1861 年農奴制改革後，資本主義在俄國迅速發展，以公有制為基礎的農村公社日益遭到破壞。站在十字路口，俄國圍繞着農村公社的命運早就掀起了一場「俄國向哪裡去」的大論爭。各方都把《資本論》當做批判對方的理論武

器。這些爭論大概分為「直接進入社會主義」和「必然走上資本主義發展道路」兩派。前一派認為，根據《資本論》，農村公社不一定要滅亡，俄國完全可以通過改造、發展農村公社這一原始公有制形式，直接進入社會主義社會；後一派則認為，依據《資本論》中闡述的原理，俄國農村公社必然滅亡，俄國將不得不步西歐的後塵，走上資本主義發展道路。而宣揚後一論點的人，都自稱是馬克思的門徒，是「馬克思主義者」，當有人問到《資本論》中這些觀點的具體依據時，他們的回答卻是「馬克思就是這樣說的」。

惹惱馬克思的那篇俄文文章顯然屬於後一派，他看到該文後立刻給《祖國紀事》雜誌編輯部寫了一封信，批駁米海洛夫斯基的觀點，「他一定要把我關於西歐資本主義起源的歷史概述徹底變成……一切民族，不管他們所處的歷史環境如何，都注定要走這條道路」，這是錯誤的。《資本論》中關於原始積累的那一章只不過描述了「西歐的資本主義經濟制度從封建經濟制度內部產生出來的途徑」，「極為相似的事情發生在不同的歷史環境中，會引起完全不同的結果」。例如，古代羅馬耕種自己小塊土地的自由農民的土地也曾經被剝奪，與自己的生產資料相分離，但在當時的歷史環境下，羅馬失去土地的農民並沒有變成雇傭工人，卻成為無所事事的遊民，他們同時發展起來的也不是西歐那樣的資本主義生產方式，而是奴隸佔有制。馬克思拒絕別人將他基於西歐社會分析的理論機械地、僵化地套用在分析別國的國情上，要做到具體條件具體分析，這才是「馬克思主義活的靈魂」。正如《共產黨宣言》1872年版序言中

所説的那樣，「這些原理的實際運用，隨時隨地都要以當時的歷史條件為轉移」。但是，在這封信中，馬克思只是從一般原則上對俄國社會發展問題表達了自己的看法，對問題還缺乏仔細深入的研究，所以沒有展開論述。

令人敬佩的是，為了能夠研究俄國自農奴解放以來的農業經濟著作的第一手資料，馬克思專門學習了俄文，那時他已經50多歲了，儘管俄文十分難學，但經過一段時間後他便取得了很大的進步，已經能夠津津有味地閱讀俄國詩人和散文家的著作了，他特別敬愛普希金、果戈里和謝德林。在馬克思去世之後，恩格斯吃驚地發現馬克思的稿紙中有超過兩立方米的材料全是俄國的統計數字，還有三千頁紙的閱讀筆記。

1881年2月18日前後，一封信漂洋過海地來到了馬克思的書桌上。寫信的人叫查蘇利奇，是俄國一位女革命家。幾年過去了，

—— TIPS ——
俄國農奴制改革

俄國農奴制改革又稱俄國1861年改革，是俄國沙皇亞歷山大二世推行的社會改革。19世紀中葉，俄國還頑固保存着野蠻落後的農奴制。農民的人格和自尊心被無情地摧殘，他們整天無償地為地主勞動，甚至被作為物品抵押債務。大量勞動力被束縛在莊園裡，資本主義工業發展的必要勞動力由此缺乏來源。俄國經濟發展和社會發展也因此大大落後於西歐國家。農奴制改革廢除了農奴制，農奴成為「自由人」，為資本主義的發展提供了大量自由勞動力。但是，1861年改革並不徹底，保留了大量封建殘餘，對俄國社會後來的發展產生了消極影響。

俄國國內關於俄國發展道路的問題還是爭論不休，她想聽聽馬克思本人能不能給出一個確定的答案，俄國社會發展道路究竟會怎樣？信中，查蘇利奇的言辭流露出對馬克思「小迷妹」般的無限崇敬，她說：「請您理解……要是您肯對我國農村公社可能遭到的各種命運發表自己的觀點，要是您肯對那種認為由於歷史的必然性，世界上所有國家都必須經過資本主義生產的一切階段這種理論闡明自己的看法，那麼您會給我們多大的幫助啊。」

對於查蘇利奇的來信，馬克思非常重視。馬克思打了四份草稿，直到 1881 年 3 月 8 日才正式給查蘇利奇寫了覆信，這在馬克思一生的通信史上是極少見的。覆信草稿的第一稿結構是最完整的，而且論述也最為翔實，篇幅長達 15 頁。但是，正式回信只有 2 頁。其中的原因非常耐人尋味。

既然資本主義生產起源的必然性僅限於西歐，那麼，俄國的道路該走向何方？在覆信草稿的第一稿中，馬克思曾寫道：

維拉・伊萬諾夫娜・查蘇利奇
（1851—1919）

「使俄國可以不通過資本主義制度的卡夫丁峽谷，而把資本主義制度所創造的一切積極的成果用到公社中來。」「卡夫丁峽谷」典故出自古代羅馬史。公元前 321 年，薩姆尼特人在古羅馬的卡夫丁峽谷大敗羅馬軍隊，為了羞辱羅馬人，薩姆尼特人用長矛架起了形似城門的「牛軛」，迫使羅馬戰俘從「牛軛」下通過。馬克思用「卡夫丁峽谷」來比喻資本主義使廣大人民經歷了災難性的歷史進程。馬克思多麼希望古老的東方國家能走出一條讓大多數人們不經歷資本主義經濟災難的坦途，並且，他認為東方國家是有可能做到的。

但是，這一狀況只是「有可能」，因為，當時俄國農村公社有其特殊性，在俄國農村公社內部，房屋及其附屬的園地是農民的私有財產，但是，耕地仍然是公有財產。因此，馬克思認為，俄國農村公社的發展有兩種可能性，「或者是它所包含的私有制因素戰勝集體因素，或者是後者戰勝前者」，兩種結局都是有可能的，究竟會是哪一種結局，正如馬克思所說：「一切都取決於它所處的歷史環境。」所以，在給查蘇利奇的正式覆信中，馬克思並沒有下結論說俄國確定可以跨過「卡夫丁峽谷」。東方國家公有制的存在，使馬克思看到了撼動資本主義道路就是真理的根基的可能性，他多麼渴望古老的東方能夠帶來人類社會發展的春天、以及他的理論體系的春天。但是，在給查蘇利奇的正式覆信中，他卻非常謹慎。

可見，馬克思是一個革命家，但更多的是一個理論家，他強調理論的嚴謹性和開放性。對俄國的發展道路問題，他也提出了頗有見地的想法。對過去基於西歐國家的實際狀況而得出

的革命結論是否具有普遍性，特別是對於東方社會而言，是否必然重複西歐的歷史、走資本主義道路，馬克思並不持肯定的論見，但是，他具體分析了東方的各種不同國情將導致的多種可能，仍沒有給出東方社會可以跨越「卡夫丁峽谷」的斷言。由此可見，他是一位嚴肅、睿智、有風範的理論家。

懷揣中學時立志為人類幸福而工作的夢想，暮年的馬克思依舊渴望人類社會可以找尋到不用歷經嚴冬就可通向彼岸春天的航道，為此，他曾寄望於古老的東方，他在一封信中激動地表示：「要是老天爺不特別苛待我們，我們該能活到這個勝利的日子吧！」

資本主義道路是不是通向現代化的唯一道路？十月革命的一聲炮響，給中國帶來了馬克思列寧主義。通過將馬克思主義中國化，新中國開啟了有別於資本主義道路的實踐探索，走出了一條通向現代化的中國道路。這條道路包含了兩個方面的顯著特徵：其一，是由歷史道路普遍性決定的批判性吸收現代文明的積極成果；其二，是由歷史道路具體化決定的開啟一條超越資本主義的新文明類型的歷史道路。毛澤東正是在這個意義上提出了中國共產黨的兩重革命任務：新民主主義革命和社會主義革命。毛澤東認為，前者是後者的必要準備和鋪墊，而後者才是更為本質的歷史任務。在鄧小平看來，既然社會主義的最高綱領是實現共產主義，那麼它的根本前提就是「解放生產力，發展生產力」。因此，必須把批判性地吸收現代文明的積極成果再次作為社會發展的主要任務。從新中國剛成立時的積貧積弱，到 2017 年國內生產總值穩居世界第二、對世界經濟

增長貢獻率超過百分之三十、人民生活極大改善，可以説，中國道路取得了巨大的成就，正如黨的十九大報告指出的那樣，「科學社會主義在二十一世紀的中國煥發出強大生機活力，在世界上高高舉起了中國特色社會主義偉大旗幟」，「中國特色社會主義道路、理論、制度、文化不斷發展，拓展了發展中國家走向現代化的途徑，給世界上那些既希望加快發展又希望保持自身獨立性的國家和民族提供了全新選擇，為解決人類問題貢獻了中國智慧和中國方案」。

提問角

為甚麼說「人體解剖對於猴體解剖是一把鑰匙」？

資本主義社會的解剖為甚麼會成為古代史研究的一把鑰匙？馬克思曾以解剖學為例，作了一個形象的說明：「人體解剖對於猴體解剖是一把鑰匙。反過來說，低等動物身上表露的高等動物的徵兆，只有在高等動物本身已被認識之後才能理解。因此，資產階級經濟為古代經濟等等提供了鑰匙。」這是馬克思關於歷史認識論的重要比喻。

為甚麼馬克思不是把對低等動物的認識置於對高等動物的認識之前，而是採用倒過來的認識路線呢？我國已故著名學者俞吾金教授是這樣解答的：因為在馬克思看來，低等動物身上顯露出來的某些徵兆，在人們認識高等動物的結構之前是難以獲得確切的認識的。事實上，這些徵兆只有在高等動物的身上才能得到充分的展開。這就啟示我們，只有當我們先行地認識了高等動物的結構，回過頭去，才可能真正地解開蘊含在低等動物身上的那些徵兆的秘密。因此，正確的思路是先研究當代資產階級社會的經濟，然後才可能對古代社會的經濟作出合理的說明。一言以蔽之，就是透過現

實理解歷史。

　　法國史學家布羅代爾説:「現在和過去是以他們各自的光亮相互映照的。」現實是一扇透視過去的窗口。

「人類學筆記」研究的是甚麼？

「人類學筆記」是一個統稱，指代馬克思晚年閱讀並做了大量札記的五篇關於人類學的著作：拉伯克的《文明的起源和人的原始狀態》（1870）、梅恩的《古代法制史講演錄》（1875）、摩爾根的《古代社會》（1877）、柯瓦列夫斯基的《公社土地佔有制，其解體的原因、進程和結果》（1879）和菲爾的《印度和錫蘭的雅利安人村社》（1880），又被稱為「古代社會史筆記」，它在 1972 年首次公諸於世。在這五篇筆記中，尤其以摩爾根的研究成果和馬克思的摘要最為重要，大約佔了全部的一半篇幅。通過摩爾根對氏族的研究，馬克思認識到，原始社會中決定性的社會關係是以氏族為基礎的血緣親屬關係，因而社會制度只能是親屬制度而不是政治制度，「在氏族的基礎上不可能建立政治社會或國家」，「君主政體是與氏族制度不相容的」。因此在人類歷史道路的起點和最初階段，不存在私有制、階級和國家。換言之，不存在一種超階級的國家，政治國家的產生乃是有前提條件的：「在存在國家（在原始公社等之後）——即政治上組織起來的社會——的地方，國家決不是第一性的，它不過看來如此。」馬克思進一步認為，正

　　如人類社會發展到一定階段時才產生國家一樣，在未來發展到迄今尚未達到的階段時，國家同樣會消失。對此，恩格斯在《家庭、私有制和國家的起源》中解釋和補充道：「隨着階級的消失，國家也不可避免地要消失。在生產者自由平等的聯合體的基礎上按新方式來組織的生產的社會，將把全部國家機器放到它應該去的地方，即放到古物陳列館去，同紡車和青銅斧陳列在一起。」因此，階級和國家同樣都是歷史的產物，它們也必將在歷史道路中再度消失。

《歷史學筆記》研究的是甚麼？

　　《歷史學筆記》從內容上看分為四個筆記本分冊，按照不同國家的不同世代，描繪了歐洲 1700 多年來發生的政治事件及其變遷，容量達到驚人的 140 萬字，描述的時間從公元前 91 年的古羅馬時代橫跨到公元 17 世紀的三十年戰爭時期，從時間線索上看與「人類學筆記」和《資本論》大致前後相接，處在中間的位置。它描繪了歐洲一千多年的政治體系，從中可以窺見各個國家和世代的政體如何在交往和戰爭中此消彼長，並最終產生了早期的商人和市民社會。布羅代爾曾把馬克思歷史研究的偉大之處概括為他把握到了歷史的「長時段」模式，而《歷史學筆記》就是這種模式最為經典的體現。它以其內容極度豐富的特性，描繪了資本主義從封建社會中最初的萌芽，到複雜的生長機制，最終以其全部的世界歷史意義展現給世間的歷史道路。

甚麼是亞細亞生產方式？

在 1859 年的《政治經濟學批判〈序言〉》中，馬克思把亞細亞生產方式看作是人類歷史道路的最初的社會形態，但是在這裡並未對這個概念作額外的闡釋。對亞細亞生產方式的具體說明出現在《1857—1858 年經濟學手稿》中，但尤其值得注意的是，馬克思在具體研究東方社會的土地公有制的時候，並不使用「亞細亞生產方式」這一說法；相反地，馬克思在談到「亞細亞的生產方式」時，指的是一切民族最初的所有制形式：「我提出的歐洲各地的亞細亞的或印度的所有制形式都是原始形式。」所以，馬克思所謂的「亞細亞生產方式」，與「亞細亞的生產方式」二者之間乃是有本質區別的。前者是一種具有普遍性的所有制形式，而後者由於其具有較高階段的政治組織的制度性形式，並且「這些制度由一個最高中心加以完善和系統性地造成」，因而「它們的起源較晚」。按照馬克思對俄國農村公社形態的研究，他把這種形態稱為地質學意義上的高於「原生形態」的「次生形態」。類似地，我們也同樣可以依照這種區分形式，把「亞細亞生產方式」看作是「原生形態」，而把「亞細亞的生產方式」看作是「次生形態」。

他永遠地睡着了

1883年

與世長辭

哲 人 說

醫術也許可以使他再拖上幾年，使他毫無希望地消磨殘生而不是立刻死去，以此為醫學技術增光。但這絕不是我們的馬克思所能忍受的。面對着許多未完成的工作，渴望去完成它們而又苦於無能為力，這樣活着對他來說會比安然死去痛苦千倍。他常喜歡講伊壁鳩魯說過的一句話：「死亡對於死者並非不幸，對於生者才是不幸。」我們不能眼睜睜地看着這位偉大的天才憔悴衰老，消磨殘生，去給醫學增光，去受他在年富力強時痛罵過的庸人們嘲笑，——不能！他的逝世要比這強過千倍，我們後天把他送到他夫人安息的墓地去，要比這強過千倍。

——恩格斯給左爾格的信，1883 年 3 月 15 日

1883 年 3 月 14 日，星期三。午後，倫敦的上空佈滿了初春的濃霧，棉絮一樣的霧團極力穿過窗戶透進室內。

兩點左右，門鈴響了，來訪的是恩格斯。十多天以來，他每天下午準時來看望病重的馬克思。

當恩格斯進屋時，發現馬克思的家人都在哭泣，恩格斯心中一沉，趕忙問：「他怎麼樣了？」琳蘅告訴他說，馬克思的身體有少量出血症狀，並且開始出現衰竭。

恩格斯安慰她們道：「就在前幾天，醫生還告訴我說，馬克思的健康已經開始好轉，如果能熬過接下來兩個月，他就會沒事的，一切都會好起來。」並讓琳蘅上樓看看馬克思的情況如何。

不一會兒琳蘅下樓說：「他躺在安樂椅上，處在半睡半醒狀態，您可以一起上來看看他。」

當恩格斯上樓走到馬克思的安樂椅旁邊時，發現他已經永遠地睡着了。「呼吸和脈搏都已停止。在兩分鐘之內，他就安詳地、毫無痛苦地與世長辭了。」恩格斯長久地在他的老朋友的身旁，肅立默哀。

我們知道，長期高強度的工作和艱苦的生活條件，極大地摧殘了馬克思與他的家人的身體健康。在馬克思生命的最後五年裡，他飽受失眠、肋膜炎、肺炎、肺膿腫、腦神經炎和坐骨神經痛的折磨。燕妮的健康狀況更加糟糕，她患了肝癌，全身的疼痛放到最大，臥床不起。馬克思把主臥給了燕妮，自己睡在旁邊的小臥室，由於胸膜硬化，「一咳嗽感覺胸腔隨時會炸開」。有一天早晨，馬克思感覺自己的身體好了一些，可以下

床走動了，於是他慢慢地走進了燕妮的房間，坐在她的床前，撫摸着她的額頭。這一幕被馬克思的小女兒艾琳娜看到了，她後來回憶道：「這是一個非常糟糕的時期，我們親愛的媽媽躺在前面大的房間裡，摩爾（指馬克思）在後面的小房間裡。他們兩個人，過去是如此地彼此熟悉、彼此親密，而現在甚至不能一起在一個房間裡……我永遠也忘不了那天早晨的情景。他們在一起又都成了年輕人，好似一對正在開始共同生活的熱戀着的青年男女，而不像一個病魔纏身的老翁和一個彌留的老婦，不像是即將永別的人。」

　　1881 年 12 月 2 日，天氣寒冷，夜裡更是狂風暴雨。在燕妮生命的最後幾個小時裡，她依然保持清醒，馬克思陪在她的

| 馬克思（1882 年）|

身邊。她的最後一句話是：「卡爾，我不行了！」然後慢慢地閉上雙眼。馬克思的精神一蹶不振，他白髮蒼蒼，雙眼無神。一旁的恩格斯看見馬克思的樣子，低低地對馬克思的小女兒艾琳娜說：「摩爾也死了。」

恩格斯在燕妮的墓前發表了簡短的演說，他在最後說道：「如果有一位女性把使別人幸福視為自己的幸福，那就是她。」

僅僅一年之後，1883年1月11日，當馬克思的長女燕妮‧馬克思在巴黎逝世的消息傳到倫敦時，已是風燭殘年的馬克思癱在安樂椅中，老淚縱橫。他幾乎無法吞嚥任何食物，只好不斷地喝牛奶，而牛奶是他平生最討厭的東西。這時的馬克思由於長期不斷服藥，以致藥物對他的身體已經不再起任何作用，而只是使他食慾減退、消化不良。他眼看着一天天消瘦下去。兩個月後，他安詳而毫無痛苦地長眠了。

馬克思去世後，有兩個女兒尚在人世，勞拉‧馬克思和艾琳娜‧馬克思，勞拉嫁給了保爾‧拉法格，艾琳娜嫁給了艾威林。兩人都是當時的進步青年，拉法格的理論成就和社會地位更高，被恩格斯譽為「巴黎這個光明之城的一盞明燈」，而艾威林後來品行不端、自甘墮落了。1898年，艾琳娜在不幸的婚姻中自殺而死，年僅43歲。1911年，勞拉和拉法格夫婦按照早年約定，當他們年邁體衰不能為黨工作時，就選擇離開人間，於是他們雙雙注射了氫氰酸毒劑，在自己的臥室裡平靜地與世長辭，勞拉時年66歲。

1883年3月17日，星期六，馬克思被安葬在倫敦海格特公墓，安葬在他夫人的身旁。他的葬禮簡單到了極點，按照

馬克思夫婦生前的遺願，他們希望免除一切儀式，因此，葬禮包括恩格斯在內只有八人參加，他們都是馬克思一生忠實的老朋友。恩格斯用英語作了題為《在馬克思墓前的講話》這篇著名的悼詞。在 2018 年，馬克思誕辰 200 周年之際，當人們停留在馬克思的墓前時，風中或許還能隱約聽見恩格斯那渾厚的聲音：

　　3 月 14 日下午兩點三刻，當代最偉大的思想家停止思想了。讓他一個人留在房裡還不到兩分鐘，當我們進去的時候，便發現他在安樂椅上安靜地睡着了——但已經永遠地睡着了。

　　這個人的逝世，對於歐美戰鬥的無產階級，對於歷史科學，都是不可估量的損失。這位巨人逝世以後所形成的空白，不久就會使人感覺到。

　　正像達爾文發現有機界的發展規律一樣，馬克思發現了人類歷史的發展規律，即歷來為繁蕪叢雜的意識形態所掩蓋着的一個簡單事實：人們首先必須吃、喝、住、穿，然後才能從事政治、科學、藝術、宗教等等；所以，直接的物質的生活資料的生產，從而一個民族或一個時代的一定的經濟發展階段，便構成基礎，人們的國家設施、法的觀點、藝術以至宗教觀念，就是從這個基礎上發展起來的，因而，也必須由這個基礎來解釋，而不是像過去那樣做得相反。

　　不僅如此。馬克思還發現了現代資本主義生產方式和

它所產生的資產階級社會的特殊的運動規律。由於剩餘價值的發現，這裡就豁然開朗了，而先前無論資產階級經濟學家或者社會主義批評家所做的一切研究都只是在黑暗中摸索。

一生中能有這樣兩個發現，該是很夠了。即使只能作出一個這樣的發現，也已經是幸福的了。但是馬克思在他所研究的每一個領域，甚至在數學領域，都有獨到的發現，這樣的領域是很多的，而且其中任何一個領域他都不是淺嘗輒止。

他作為科學家就是這樣。但是這在他身上遠不是主要的。在馬克思看來，科學是一種在歷史上起推動作用的、革命的力量。任何一門理論科學中的每一個新發現——它的實際應用也許還根本無法預見——都使馬克思感到衷心喜悅，而當他看到那種對工業、對一般歷史發展立即產生革命性影響的發現的時候，他的喜悅就非同尋常了。例如，他曾經密切注視電學方面各種發現的進展情況，不久以前，他還密切注視馬賽爾‧德普勒的發現。

因為馬克思首先是一個革命家。他畢生的真正使命，就是以這種或那種方式參加推翻資本主義社會及其所建立的國家設施的事業，參加現代無產階級的解放事業，正是他第一次使現代無產階級意識到自身的地位和需要，意識到自身解放的條件。鬥爭是他的生命要素。很少有人像他那樣滿腔熱情、堅韌不拔和卓有成效地進行鬥爭。最早的《萊茵報》（1842 年），巴黎的《前進報》（1844 年），《德

意志—布魯塞爾報》（1847 年），《新萊茵報》（1848—1849 年），《紐約每日論壇報》（1852—1861 年），以及許多富有戰鬥性的小冊子，在巴黎、布魯塞爾和倫敦各組織中的工作，最後，作為全部活動的頂峰，創立偉大的國際工人協會，作為這一切工作的完成——老實說，協會的這位創始人即使沒有別的甚麼建樹，單憑這一成果也可以自豪。

正因為這樣，所以馬克思是當代最遭忌恨和最受誣衊的人。各國政府——無論專制政府或共和政府，都驅逐他；資產者——無論保守派或極端民主派，都競相誹謗他，詛咒他。他對這一切毫不在意，把它們當作蛛絲一樣輕輕拂去，只是在萬不得已時才給以回敬。現在他逝世了，在整個歐洲和美洲，從西伯利亞礦井到加利福尼亞，千百萬革命戰友無不對他表示尊敬、愛戴和悼念，而我敢大膽地說：他可能有過許多敵人，但未必有一個私敵。

他的英名和事業將永垂不朽！

馬克思去世後，恩格斯放下手中未完成的研究工作，幫助整理馬克思未完成的手稿，並獨自指導國際工人運動。曾有人建議恩格斯把馬克思主義改為「馬克思恩格斯主義」，恩格斯拒絕了。1888 年，恩格斯寫完了題為《路德維希·費爾巴哈和德國古典哲學的終結》的小冊子，其中恩格斯說道：

請允許我在這裡作一點個人的說明。近來人們不止一次地提到我參加了制定這一理論的工作，因此，我在這裡

不得不說幾句話，把這個問題澄清。我不能否認，我和馬克思共同工作 40 年，在這以前和這個期間，我在一定程度上獨立地參加了這一理論的創立，特別是對這一理論的闡發。但是，絕大部分基本指導思想（特別是在經濟和歷史領域內），尤其是對這些指導思想的最後的明確的表述，都是屬於馬克思的。我所提供的，馬克思沒有我也能夠做到，至多有幾個專門的領域除外。至於馬克思所做到的，我卻做不到。馬克思比我們大家都站得高些，看得遠些，觀察得多些和快些。馬克思是天才，我們至多是能手。沒有馬克思，我們的理論遠不會是現在這個樣子。所以，這個理論用他的名字命名是理所當然的。

他人是怎麼評價馬克思的？

馬克思一生接觸過各種各樣不同的人。那麼，在他們的眼裡，馬克思是一個甚麼樣的人呢？我們一起來看看吧！

他是一個個子不高、有點矮小的人，花白的頭髮，花白的鬍鬚，與他嘴角上仍然烏黑的鬍子形成了奇怪的對比。臉有些圓，前額輪廓分明，非常飽滿，眼睛銳利，他的整個表情令人愉快……他的談吐顯得見多識廣，而且很博學，對比較語法很感興趣，這把他引向古老的斯拉夫語和其他一些比較冷僻的研究。他的談話還由於很多古怪的措辭和一些冷面幽默而富有變化。

——英國議會議員，斯圖亞特‧格蘭特‧達夫

馬克思是由能量、意志和不可動搖的堅定信念組成的那種人。他的外表異常引人注目，有着濃黑的頭髮，毛茸茸的手，外衣的紐扣時常扣錯，但是不論他在你面前是甚麼樣子，也不論他做甚麼，他看起來像是有權利和力量來獲得人們尊重。他動作笨拙，但自信、自立。其行為方式公然藐視人類規範的慣常成規，顯得高貴並有些傲慢；他銳利的金屬質的聲音與他對人和事物的激進觀點驚

人地協調。

——俄國貴族，帕·瓦·安年科夫

那時他剛 30 歲出頭，但已經是公認的先進的社會主義派別的領袖。他體格有些粗壯，寬闊的額頭，烏黑的頭髮和鬍鬚，烏黑而炯炯有神的眼睛，立刻就會引起眾人的注意。他因學識廣博而享有盛譽。

——美國參議員，舒爾茨

我們先是喝波爾多，接着是紅葡萄酒，也就是紅色的波爾多，然後喝香檳。喝完紅葡萄酒，馬克思就完全醉了。這正是我所希望的，因為他在這個時候比其他可能的情況下更容易敞開心扉。我發現了某些在其他情況下只能進行推測的事情的真相。儘管醉了，馬克思仍然支配着談話直到最後一分鐘。他給我的印象是他有着罕見的優秀的智力和明顯突出的個性。假如他有着與他的智力匹配的內心，假如他有着同樣多的愛與恨，我就會為他赴湯蹈火，即使最後他表達出對我徹底的、坦率的蔑視，而他先前也在不經意中流露出了他的蔑視。他是我們所有人中間我第一個和唯一的一個信任的領導者，因為他是一個處理大事時從不會沉湎於瑣事的人。

——落魄的普魯士陸軍中尉，特肖爾

我們常常見面，我極為敬佩他的學識、他對無產階級事業熱情而誠摯的奉獻，雖然這中間總夾雜着個人

的自負；我熱切地尋求與他對話，因為這些談話富有啟迪性而且機智，只要這些談話不是由心胸狹窄的惡意引發的話——但不幸的是，這樣的談話太經常發生了。而我們之間從來沒有真正的親密關係。我們性情不合。他稱我是感情脆弱的理想主義者，他是對的。我稱他虛榮、奸詐、陰鬱，我也是對的。

——無政府主義者，巴枯寧

在他給人以應有的評價方面，沒有任何人比馬克思更仁慈、更公正。他太偉大了，以至於不羨慕、不嫉妒、不愛慕虛榮。但他像憎恨任何形式的欺騙和偽裝一樣，極為憎恨由妄尊自大的無能和庸俗帶來的造作的偉大和虛假的名聲。

在所有我認識的偉大、渺小或者普通的人之中，馬克思是為數不多的擺脫了虛榮的人之一。他太偉大、太強大、太驕傲了，不需要虛榮。他從不打擊任何一種看法，他永遠是他自己。他像孩子一樣不會掩飾、不做作。只要是社會或政治方面不盡如人意，他總是完全地說出自己的看法，毫無保留，他的臉就是他的心靈的鏡子。當環境需要他克制的時候，他會表現出孩子一樣的、常令朋友們開懷的困窘。

沒有人能比馬克思更真實——他是真實的化身。僅僅只是看着他，你就會知道你交往的是甚麼樣的人……他絕對不是虛偽的人，就像一個不懂人情世故的孩子。他的妻子常常稱他「我的大孩子」，沒有人（即使是恩格斯）比她更了解他、更理解他。的確，當他處於我們通常所稱的社會中時，在這個以貌取人、人必定會粗暴傷害別人感情的社會

中，我們的「摩爾」像一個大男孩一樣，他可能會像孩子一樣地局促或臉紅。

——忠實的學生，威廉·李卜克內西

對那些認識卡爾·馬克思的人來說，再沒有比這個更常見的傳說更為可笑的了，即把他刻畫為陰鬱、刻薄、不屈服、令人難以接近的那種人，就像雷神一樣，常常大發雷霆，從未有過笑容，冷漠而孤獨地坐在奧林匹斯山上。對那些認識他的人來說則是這樣的一幅永遠奇異和愉快的圖畫：呈現出最歡樂、最愉快的靈魂，身上滿溢着幽默和愉悅，發自心底的笑聲富有感染力，令人不可抗拒，對同伴有着最友善、最溫柔、最富有同情的感情。

在他的家庭生活中，以及在與朋友甚至熟人的交往中，我感到人們可能會說馬克思的主要性格是他極好的脾氣以及對人無限的同情。他的善良和耐心確實驚人。一個性情不夠溫和的人，一定會被各種各樣的人的經常性打擾以及不斷強加給他的要求搞得發瘋的……

對那些研究人性的學者來說，如此一個既是戰鬥者，同時又是一個最善良和最溫柔的人好像並不奇怪。他們理解他有如此激烈的憎恨，只因為他有如此之深的愛；假如他犀利的筆觸能夠像但丁一樣確實把靈魂囚禁到地獄之中，那是因為他是這樣的真實，這樣的溫情；假如他尖刻的幽默像腐蝕性的酸性物質一樣能夠刺傷別人，那麼這些幽默同樣能夠慰藉那些身在困境和磨難中的人們。

——崇拜的女兒，艾琳娜·馬克思

馬克思是怎麼評價他自己的？

馬克思晚年時，他的小女兒艾琳娜拿出當時流行的填空遊戲，讓馬克思回答自己的喜好。馬克思填寫完後，女兒們爭相傳閱，笑作一團。讓我們來看看馬克思的這份「自白書」吧。

您喜愛的優點：

　　一般人：淳樸

　　男人：剛強

　　女人：柔弱

您的特點：目標始終如一

您對幸福的理解：鬥爭

您對不幸的理解：屈服

您能原諒的缺點：輕信

您厭惡的缺點：奉迎

您厭惡的人：馬丁・塔波爾

您喜歡做的事：啃書本

您喜愛的詩人：莎士比亞、埃斯庫羅斯、歌德

您喜愛的散文家：狄德羅

您喜愛的英雄：斯巴達、開普勒

您喜愛的女英雄：甘淚卿

您喜愛的花：月桂

您喜愛的顏色：紅色

您喜愛的名字：勞拉、燕妮

您喜愛的食物：魚

您喜愛的格言：人所有的我都具有（Nihil humani a me alienum puto）

你喜愛的箴言：懷疑一切（De omnibus dubitandum）

第二十章

馬克思從未離場 2018年 名垂青史

哲 人 說

時代是思想之母,實踐是理論之源。只要我們善於聆聽時代聲音,勇於堅持真理、修正錯誤,二十一世紀中國的馬克思主義一定能夠展現出更強大、更有說服力的真理力量!

—— 習近平在中國共產黨第十九次全國代表大會上的報告

讓我們把時鐘撥到 2018 年 5 月 5 日,這一天是卡爾·馬克思誕辰 200 周年紀念日。早在年初的時候,在倫敦的馬克思墓、德國的馬克思故居,就陸陸續續有人前來緬懷他,或是在他的墓旁放上一束鮮花,或是在他的故居駐足流連、睹物思人。馬克思是一個國際主義者,並且永遠把自己當作普通

公民。在他去世的時候，沒有國籍，沒有遺囑，葬禮簡單。他的墓地在海格特公墓的一個角落裡，長期以來無人看管，我們今天看到的蓋着鐵鑄頂的巨大的大理石墓碑，是 1956 年才有的。在這塊寬厚的墓碑上，刻着馬克思的名言：「哲學家們只是用不同的方式解釋世界，問題在於改變世界。」

對於任何一位思想家、理論家來說，如果他一生中能夠用一種與前人都不相同的新觀點、新方法去解釋世界，那麼這已經算是很高的成就了，這樣的人配得上「哲學家」的稱號。對馬克思來說，當他用全新的思想去解釋世界的時候，只有 27 歲，而最深刻的是，他拒絕做一個僅僅去解釋世界的「哲學家」，而是立志去改變世界，「為全人類而工作」，為此不惜放棄自己光輝燦爛的前程，而終生飽受流亡和貧困之苦。他曾說：「我的皮膚不夠厚，無法背對苦難的人間。」而在他之前的哲學思想，都不曾關注過底層人民的疾苦，只是一種「仰望星空」的「幫閒」。因此，馬克思的這種不屈的鬥志、堅定的黨性，使他在思考社會現實問題的時候尤其具有穿透力。

馬克思去世後，一批青年理論家接過了馬克思的衣缽，繼續推進馬克思未竟的思想事業和革命事業。其中有盧森堡、希法亭繼續推進《資本論》中着力甚少的關於世界資本主義發展的研究；也有梅林、普列漢諾夫繼續推進對辯證唯物主義的闡釋，他們把這種闡釋方案叫作「正統的馬克思主義」；此外還誕生了「第二國際」，等等。當然，後繼者們的理論在很多地方觀點不成熟、解釋不到位，馬克思生前就已經無數次地見識過了，因此他才會感慨道：「我播下的是龍種，而收穫的卻是跳蚤。」

～～～ **TIPS** ～～～

第二國際

即「社會主義國際」（1889 年至
1916 年），是一個工人運動的
世界組織。1889 年 7 月 14 日
在巴黎召開了第一次大會，通
過《勞工法案》及《五一節案》，
決定以同盟罷工作為工人鬥爭
的武器。第二國際所做出影響
最大的動作包括宣佈每年的 5
月 1 日為國際勞動節、每年的
3 月 8 日為國際婦女節，並創
始了八小時工作制運動。

誠然，馬克思為後人和他的追
隨者們留下了極其偉大的思想寶庫
和極其豐厚的精神遺產，然而如何
理解、消化、運用這份遺產，成了
20 世紀馬克思主義發展史上的重
要問題。在馬克思本人的許多著作
以及恩格斯對馬克思思想的整理和
闡釋中，似乎已經向世人表明了馬
克思主義理論體系的「科學性」，
但是這並不代表馬克思主義只有
一種固定的、「教科書式」的理解
模式。事實上，馬克思主義的「科
學世界觀」形成了多種理解模式，
總體原因有四：第一，資料的公開
性：馬克思未公開發表的手稿數量
比公開出版的作品還要多；第二，
體系的開放性：馬克思本人不允許
將自己的觀點抽象地概括為幾個一
般公式；第三，道路的開放性：馬
克思並沒有過多闡明實現共產主義
的具體道路和實踐方案；第四，現
實的不可預知性：不能指望馬克思
主義能夠預言一切社會階段中出現
的新問題。

因此，相對於馬克思主義哲學和經濟學理論來說，反倒是科學社會主義的實踐成果走在了前面，從中也可以充分體現出馬克思所要求的「改變世界」的實踐力量。馬克思去世 34 年後，1917 年 11 月爆發了俄國十月革命，人類歷史上第一個社會主義國家成立了，馬克思的「幽靈」在東方復活 —— 偉大的思想家固然有很多，但唯有馬克思的學說具有讓自己成為現實的巨大行動力，用特里·伊格爾頓的話說，歷史上從未出現過建立在笛卡爾思想之上的政府，用柏拉圖思想武裝起來的遊擊隊，或者以黑格爾的理論為指導的工會組織。

馬克思一生都是在西歐發達資本主義國家度過的，在他看來，在資本主義最充分發展的地方，無產階級最具有政治覺悟和階級訴求，因而在國際無產階級運動中可以起到領導和表率作用。然而在 20 世紀世界社會主義運動中，馬克思主義反倒在落後國家得到最先響應，其根本原因在於：世界範圍內的資本主義國家對非資本主義國家的侵略和剝削，同資本主義國家內部的資本家對工人階級的壓榨和奴役的結構是一樣的。因此，對於落後國家來說，民族獨立解放和無產階級專政具有高度的相似性。客觀而言，落後國家往往無產階級力量比較弱小，用革命的手段無法自行獲得政治自由的階級意識，因此在一定程度上，馬克思主義理論首先成為了滿足落後國家民族獨立需求的武器。

當然，限於時代的條件，十月革命的領導人列寧當時所接觸到的馬克思的著作遠少於今天，他關於馬克思主義所包含的革命和行動綱領的理解方案，主要來源於恩格斯和第二國際時

期的普列漢諾夫。但是，列寧沒有被有限的馬克思主義思想資源捆住手腳，他的偉大貢獻首先在於將馬克思主義時代化和俄國化，具體來說有三個方面：一是發展了世界無產階級運動理論；二是對資本主義發展的新階段進行了深刻剖析；三是豐富了無產階級專政理論，特別是在無產階級執政黨的職能、組織、紀律、教育等方面。在《帝國主義是資本主義的最高階段》這篇經典的文章中，列寧總結了資本主義發展到帝國主義形態的五大特點，並論證了殖民地是帝國主義國家的命脈的觀點，這就是聞名於世的「帝國主義論」。

此外，列寧還指出了帝國主義內無產階級的新變化。列寧看到，隨着歐洲產業被逐漸轉移到殖民地和發展中國家和地區，使得歐洲無產階級的革命意識越來越弱，形成了「工人貴族意識」，而發展中國家的無產階級則越來越龐大。因此，歐洲的衰落同時意味着亞洲的崛起，正是在這個意義上列寧提出了「落後的歐洲和先進的亞洲」的論斷，不僅激活了「在一個國家首先建立社會主義」的蘇聯模式，而且對中國特色社會主義道路也有着重要的啟發意義。

1917 年十月革命的勝利，人類歷史上第二個無產階級政權（第一個是巴黎公社無產階級政權）和由馬克思主義政黨領導的第一個社會主義國家——蘇維埃俄國成立了。它的建立是馬克思主義俄國化的實踐成果，它的理論成果就是列寧主義。斯大林在《論列寧主義的基礎》中強調：「列寧主義是帝國主義和無產階級革命時代的馬克思主義。」隨着列寧的過早離世，他的新經濟政策理論並沒有被很好地領會和消化，斯大林改弦

更張，全力進行社會主義工業化和農業集體化，這鑄就了一個高度集權化和具有強大工業體系的社會主義形態。但是，隨着蘇東劇變和蘇共亡黨，蘇聯社會主義道路的探索最終宣告失敗，原因非常複雜，諸如體制模式的僵化、發展道路的封閉、黨建理論的背叛、意識形態的丟棄等，其中包含了深刻的經驗教訓。

通觀馬克思主義在 20 世紀世界的發展，主要可以分為三大潮流，除了上面談到的蘇聯馬克思主義之外，還有國外馬克思主義和中國化馬克思主義。20 世紀世界馬克思主義在理論形態的發展上，以國外馬克思主義思潮最為龐大。它是一系列關於馬克思主義時代化理解方案的統稱，總體説來分為兩部分：

第一部分是西方馬克思主義陣營，至今已有四代思想家，包括第一代（「一戰」和「二戰」之間）的盧卡奇、科爾施、布洛赫和葛蘭西；第二代（戰後到六八運動）的霍克海默、阿多諾、馬爾庫塞和本雅明（又稱之為法蘭克福學派）；第三代（六八運動到蘇東劇變）的哈貝馬斯；第四代（蘇東劇變之後）的霍耐特。西方馬克思主義的理論核心是圍繞馬克思與黑格爾的關係做文章，曾經在世界範圍內影響很大，但時至今日已經在總體上走向衰落。究其原因，第二代西方馬克思主義以來的理論被稱為「社會批判理論」，致力於批判資本主義社會的人的異化現象。但是許多批判不涉及社會現實的經濟生活領域，因此這些批判往往是不徹底的，他們的理論最終都轉向到文藝學政治學領域中去了，由此可見一斑。

　　第二部分是除了西方馬克思主義的其他林林總總的國外馬克思主義流派，包括弗洛伊德主義的馬克思主義（弗洛姆、賴希），新實證主義的馬克思主義（沃爾佩），存在主義的馬克思主義（薩特），結構主義的馬克思主義（阿爾都塞），分析馬克思主義（科亨、埃爾斯特），生態馬克思主義（福斯特、奧康納），後馬克思主義（拉克勞、墨菲），等等。這些流派觀點各異甚至差別很大，總體上是當代外國哲學各種流派的觀點立場加上一些馬克思主義理論的元素組合而成，這些思想成果固然是馬克思主義的當代發展，但是或多或少缺乏馬克思主義的現實廣度、原則高度和批判力度。

　　值得注意是，大多數國外馬克思主義理論家都來自資本主義國家和陣營。他們知道馬克思主義是「良藥苦口利於病，忠言逆耳利於行」。既然馬克思在《資本論》等著作中給資本主義社會下了「病危通知書」，因此許多 20 世紀資本主義國家吸收和借鑒了馬克思主義的許多內容，並開展了卓有成效的社會改良方案，縮小了貧富差距、緩和了階級矛盾。當代資本主義世界已經完成了從「沉重的資本主義」向「輕靈的資本主義」、從帝國主義向「後帝國主義」、從物質勞動向「非物質勞動」等的一系列轉變。法國史學家布羅代爾評價道：當代資本主義發展的一大特徵是「經常犯病，但從不病死」。但是，當代資本主義的喪鐘仍未敲響，並不意味着永遠不會敲響，因為馬克思洞察到的諸多資本主義內在規律依然存在，資本主義的本質矛盾仍未改變。

　　在 2017 年 9 月 29 日舉行的中央政治局第四十三次集體

學習上，習近平總書記強調：「當代世界馬克思主義思潮，一個很重要的特點就是他們中很多人對資本主義結構性矛盾以及生產方式矛盾、階級矛盾、社會矛盾等進行了批判性揭示，對資本主義危機、資本主義演進過程、資本主義新形態及本質進行了深入分析。這些觀點有助於我們正確認識資本主義發展趨勢和命運，準確把握當代資本主義新變化新特徵，加深對當代資本主義變化趨勢的理解。對國外馬克思主義研究新成果，我們要密切關注和研究，有分析、有鑒別，既不能採取一概排斥的態度，也不能搞全盤照搬。同時，我們要堅持把自己的事情辦好，不斷發展中國特色社會主義，不斷壯大我國綜合國力，充分展示我國社會主義制度的優越性。」

對當代中國而言，最重要的方面是馬克思主義中國化的思想和實踐進程。可以說，是毛澤東等中共老一輩無產階級革命家，堅持把馬克思主義基本原理同中國具體實際結合起來，在推進馬克思主義中國化的歷史進程中產生了兩大理論成果。一是毛澤東思想，二是中國特色社會主義理論體系，使中國走上了獨立自主的現代化道路，這條道路通過「不忘本來，吸收外來，面向未來」的基本方式，將中國特色社會主義事業不斷推向新的高峰。黨章總綱強調：馬克思列寧主義揭示了人類社會歷史發展的規律，它的基本原理是正確的，具有強大的生命力。中國共產黨人追求的共產主義最高理想，只有在社會主義社會充分發展和高度發達的基礎上才能實現。社會主義制度的發展和完善是一個長期的歷史過程。堅持馬克思列寧主義的基本原理，走中國人民自願選擇的適合中國國情的道路，中國的

社會主義事業必將取得最終的勝利。毛澤東也曾經說過:「馬克思這些老祖宗的書,必須讀,他們的基本原理必須遵守,這是第一。但是,任何國家的共產黨,任何國家的思想界,都要創造新的理論,寫出新的著作,產生自己的理論家,來為當前的政治服務,單靠老祖宗是不行的。」

黨的十九大報告指出,中國特色社會主義進入了新時代,更加需要我們深入推進馬克思主義的時代化。馬克思主義時代化,就是把馬克思主義同時代特徵結合起來,使之緊跟時代發展步伐、不斷吸收新的時代內容、科學回答時代課題。我們黨是用馬克思主義武裝起來的政黨,馬克思主義是我們共產黨人理想信念的靈魂。發展 21 世紀馬克思主義、當代中國馬克思主義,必須立足中國、放眼世界,保持與時俱進的理論品格,深刻認識馬克思主義的時代意義和現實意義,鍥而不捨推進馬克思主義中國化、時代化、大眾化,使馬克思主義放射出更加燦爛的真理光芒。

習近平總書記對馬克思主義中國化的重要意義總結道:「在人類思想史上,就科學性、真理性、影響力、傳播面而言,沒有一種思想理論能達到馬克思主義的高度,也沒有一種學說能像馬克思主義那樣對世界產生了如此巨大的影響。這體現了馬克思主義的巨大真理威力和強大生命力,表明馬克思主義對人類認識世界、改造世界、推動社會進步仍然具有不可替代的作用。」「時代在變化,社會在發展,但馬克思主義基本原理依然是科學真理。儘管我們所處的時代同馬克思所處的時代相比發生了巨大而深刻的變化,但從世界社會主義 500 年的大視野

來看，我們依然處在馬克思主義所指明的歷史時代。這是我們對馬克思主義保持堅定信心、對社會主義保持必勝信念的科學根據。馬克思主義就是我們黨和人民事業不斷發展的參天大樹之根本，就是我們黨和人民不斷奮進的萬里長河之泉源。背離或放棄馬克思主義，我們黨就會失去靈魂、迷失方向。在堅持以馬克思主義為指導這一根本問題上，我們必須堅定不移，任何時候任何情況下都不能動搖。」

40 多年來，中國特色社會主義事業不斷向深層推進，國民經濟快速增長，綜合國力巨大提升，取得了舉世矚目的發展成果，在推動「一帶一路」建設、構建人類命運共同體等進程中展現出一定的「思想領導力」，在習近平新時代中國特色社會主義思想的引領下，構建新型國際關係、生成新型文明形態的能力。因此，就馬克思主義理論在今天的生命力而言，當代中國有責任引領 21 世紀馬克思主義的發展，馬克思主義有必要「說漢語」。

我們可以作一個合理的猜想：如果馬克思活在今天，他將會高度關注中國的發展，甚至會學習漢語，到訪中國。想想看，如果我們在街上偶遇這位「大鬍子」，該是多麼有趣啊！

參考書目

1. 中共中央馬克思恩格斯列寧斯大林著作編譯局編譯：《馬克思恩格斯文集》，人民出版社 2009 年版。

2. 中共中央馬克思恩格斯列寧斯大林著作編譯局編譯：《馬克思恩格斯生平事業年表》，人民出版社 1976 年版。

3. [德] 弗·梅林：《馬克思傳》，樊集譯，持平校，人民出版社 1965 年版。

4. [英] 戴維·麥克萊倫：《馬克思傳》，王珍譯，中國人民大學出版社 2008 年版。

5. [英] 特里·伊格爾頓：《馬克思為甚麼是對的》，李楊、任文科、鄭義譯，新星出版社 2011 年版。

6. [法] 雅克·德里達：《馬克思的幽靈——債務國家、哀悼活動和新國際》，何一譯，人民大學出版社 2008 年版。

7. [英] 埃里克·霍布斯鮑姆：《如何改變世界：馬克思和

馬克思主義的傳奇》，呂增奎譯，中央編譯出版社 2014 年版。

8. ［美］喬納森·斯珀伯：《卡爾·馬克思：一個 19 世紀的人》，鄧峰譯，中信出版社 2014 年版。

9. ［日］內田樹、石川康宏：《青年們，讀馬克思吧》，于永妍、王偉譯，紅旗出版社 2013 年版。

10. ［英］彼得·奧斯本：《問題在於改變世界：馬克思導讀》，王小娥、謝昉譯，中信出版社 2016 年版。

11. ［德］康德：《歷史理性批判文集》，何兆武譯，商務印書館 1990 年版。

12. ［德］黑格爾：《法哲學原理》，范揚、張企泰譯，商務印書館 1961 年版。

13. ［英］斯蒂芬·霍爾蓋特：《黑格爾導論：自由、真理與歷史》，丁三東譯，商務印書館 2013 年版。

14. ［德］夏瑞春編：《德國思想家論中國》，陳愛政等譯，江蘇人民出版社 1995 年版。

15. 程建寧、丁宏遠、劉常仁、袁德金編著：《活着的馬克思（升級版）》，中央編譯出版社 2016 年版。

16. 俞吾金：《被遮蔽的馬克思》，人民出版社 2012 年版。

17. 韓毓海：《偉大也要有人懂：一起來讀馬克思》，光明日報出版社 2015 年版。

18. 內蒙軒主編：《馬克思靠譜》，東方出版社 2016 年版。

19. 陳學明、黃力之、吳新文：《中國為甚麼還需要馬克思主義——答關於馬克思主義的十大疑問》，天津人民出版社 2013 年版。

20. 王公龍：《共產黨人的必修課——〈共產黨宣言〉十問》，上海人民出版社 2018 年版。

21. 洪運朋：《通俗〈資本論〉》，上海科學技術文獻出版社 2009 年版。

22. 張薰華：《〈資本論〉脈絡》，復旦大學出版社 2015 年版。

後記

　　這是一部真誠的書。我們有幸在馬克思誕辰 200 周年之際，選取了馬克思從出生到今天的 20 個具有代表性和紀念意義的「瞬間」，用點彩畫法勾勒出馬克思生活與思想的畫卷，並將它奉獻給各位讀者。作為從事馬克思主義研究的「80 後」青年教師與學者，我們深知馬克思的魅力並不僅僅是「掛在牆上，高高在上」，他首先是一個活生生的人，一個有血有肉的人。他是一個可以從枯燥的政治課本中走出來，拍着我們的肩膀跟我們稱兄道弟的人。無數次在這本書的寫作過程中，我們都會停下來出一會兒神，眼前浮現出馬克思的形象，想像着他是大笑還是憤怒，或者他會跟我們說些甚麼。

　　這也是一本匆忙的書。在全書的寫作過程中，我們始終小心翼翼地轉換着節奏，把馬克思的生平和思想穿插起來並且共同呈現出來，避免「以辭害志」。但是無奈時間有限，許多地方

還顯得比較粗礪，沒有精雕細琢，將它作為給馬克思老人家「拜壽」的禮物來説，未免顯得有些稚拙了。我們也期待各位同行和各位讀者多多提出批評意見，指明不足之處，以便我們這些初窺門徑的青年學者盡快成長和提高。

本書由中共上海市委黨校的八位從事馬克思主義研究的青年教師共同完成。其中，章新若（馬克思主義學院博士）負責第一、六、十章，朱葉楠（哲學教研部博士）負責第二、十一章，何瑩（哲學教研部博士）負責第三、九章，李育書（哲學教研部副教授）負責第四、十三章，王強（哲學教研部教授）負責第五、七章，肖鵬（哲學教研部博士）負責第八、十四、十九、二十章，趙恩國（馬克思主義學院博士）負責第十二、十五、十七章，甘梅霞（馬克思主義學院博士）負責第十六、十八章。全書由肖鵬統稿和修改。

本書得以面世，離不開諸多專家的悉心幫助指點。中共上海市委黨校副校長曾峻對本書的推進鼎力支持，並為本書作了精彩的序，教務處副處長呂平對團隊的組建多方協調，盡心盡力；中共上海市委黨校黃力之教授、王公龍教授、張春美教授、陳勝雲教授為本書認真提出了修改意見，嚴謹細緻；王為松社長、周崝主任為本書嚴格把關，沈驍馳編輯為本書耐心編校，在此一併謝過！

肖鵬

2018 年 4 月 15 日

馬克思的

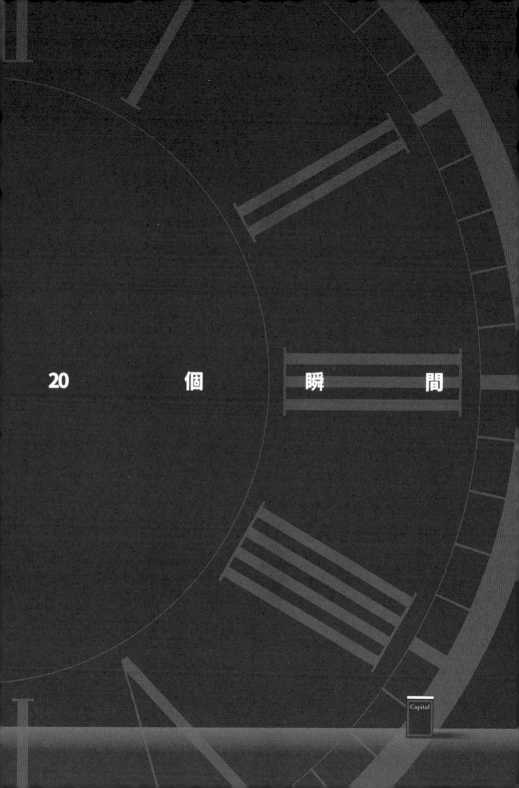

20　　　個　　　瞬　　　間

Capital

責任編輯　　許琼英
書籍設計　　霍明志
排　　版　　肖　霞
印　　務　　馮政光

書　名　馬克思的 20 個瞬間
作　者　肖鵬　等
出　版　香港中和出版有限公司
　　　　Hong Kong Open Page Publishing Co., Ltd.
　　　　香港北角英皇道 499 號北角工業大廈 18 樓
　　　　http://www.hkopenpage.com
　　　　http://www.facebook.com/hkopenpage
　　　　http://weibo.com/hkopenpage
　　　　Email: info@hkopenpage.com

香港發行　香港聯合書刊物流有限公司
　　　　　香港新界荃灣德士古道 220-248 號荃灣工業中心 16 樓
印　　刷　陽光（彩美）印刷有限公司
　　　　　香港柴灣祥利街 7 號萬峯工業大廈 11 樓 B15 室
版　　次　2021 年 9 月香港第 1 版第 1 次印刷
規　　格　32 開（148mm×210mm）272 面
國際書號　ISBN 978-988-8763-28-3
　　　　　© 2021 Hong Kong Open Page Publishing Co., Ltd.
　　　　　Published in Hong Kong

本書經上海人民出版社有限責任公司授權出版，只限在中國香港特別行政區、中國澳門
特別行政區、中國台灣地區發行、銷售。© 上海人民出版社有限責任公司 2018。

哲學家們只是用不同的方式解釋世界，
問題在於改變世界。

———

馬克思